LE SECRET DE CHIMNEYS

NOTE DE L'ÉDITEUR

Les volumes de la collection sont imprimés en très grande série.

Un incident technique peut se produire en cour de fabrication et il est possible qu'un livre souffre d'une imperfection qui a pu échapper au service de contôle.

Dans ce cas il ne faut pas hésiter à nous le renvoyer. Il sera immédiatement échangé.

Les frais de port seront remboursés.

AGATHA CHRISTIE

LE SECRET DE CHIMNEYS

(THE SECRET OF CHIMNEYS)

Traduit de l'Anglais par Juliette PARY

PARIS
LIBRAIRIE DES CHAMPS-ÉLYSÉES
17, rue de Marignan, 17

CHAPITRE PREMIER

DU TRAVAIL POUR ANTONY CADE

— Anthony Cade! Vieux gentleman!

— Jimmy McGrath! Toi? Pas possible!

Les voyageurs de l'autocar Castle — sept dames exténuées et trois messieurs en sueur — observaient la scène avec le plus vif intérêt. Leur guide, Mr Cade, avait, selon toute évidence, rencontré un vieil ami. Tous les voyageurs — et particulièrement les voyageuses — professaient la plus profonde admiration pour Mr Cade, pour sa silhouette svelte et vigoureuse, son visage bronzé, sa façon d'exercer son métier de guide, de les amuser, de les distraire, d'apaiser leurs petites querelles. Son ami, bien qu'aussi grand que lui, n'avait pas du tout la même allure. Épais, brutal, il semblait être un tenancier de bar ou quelque chose d'approchant. Un de ces hommes qu'on rencontre dans les romans d'aventures. Tant mieux! se disaient ces dames. Jusqu'à présent, leur voyage en autocar à Bulawayo avait été fatigant et ennuyeux. La chaleur était accablante, l'hôtel manquait de confort, et elles auraient sûrement commencé à protester ou à se disputer si Mr Cade ne leur avait pas proposé d'envoyer des cartes postales à leurs amis d'Europe. Dieu merci, on ne manquait pas de cartes postales à Bulawayo!

7

Anthony Cade et son ami s'étaient écartés du groupe.

— Que diable fais-tu, mon vieux, avec ce troupeau de femmes ? Tu te recrutes un harem ?

— Un harem, avec ces mignonnes-là ? Tu ne les as donc pas regardées ?

— Si, mais c'est peut-être toi qui es devenu myope !

— Ne t'en fais pas, ma vue est aussi bonne que la tienne. Non, mon brave Jim, je suis ici en fonctions : les autocars Castle, c'est moi ! Ou plutôt, c'est moi leur représentant local.

— Que vas-tu faire dans cette galère ?

— Manger tous les jours, mon vieux. C'est une mauvaise habitude, j'en conviens, mais il est rudement difficile de s'en défaire. Si on pouvait se passer de dîner, je t'assure que je ne serais pas ici. Ce genre de travail ne convient pas à mon tempérament.

Jimmy ricana.

— Ton tempérament, si je ne me trompe, ne s'est jamais accommodé d'une besogne régulière !

Anthony dédaigna cette observation.

— Je suis certain, dit-il, que la chance me tirera bientôt de là. Elle le fait toujours.

Jimmy le regarda avec admiration.

— Évidemment! S'il se mijote quelque part une sale affaire, tu auras sûrement la chance d'y tremper. Et celle de t'en tirer sain et sauf! Tu passes entre les gouttes, toi! Dis donc, quand prend-on un verre ensemble ?

Anthony soupira.

— Hélas! je dois encore conduire mon poulailler sur la tombe de Rhodes.

— Bravo! dit Jim.

Et il ajouta, en louchant du côté des voyageuses :

— Elles en reviendront fatiguées à mort et rêvant de

se reposer. Ça leur apprendra à faire des voyages en Afrique! Et dès qu'elles seront couchées dans leurs petits lits blancs, nous nous retrouverons pour échanger nos souvenirs d'antan.

— Ça va. A tout à l'heure, Jimmy!

Anthony rejoignit son troupeau. Miss Taylor, la plus jeune et la plus coquette du groupe, s'attaqua immédiatement à lui.

— Oh! Mr Cade, c'est un vieil ami que vous avez rencontré là?

— Un très vieil ami, Miss Taylor. Un des compagnons de ma sage et candide jeunesse.

Miss Taylor poussa un petit gloussement.

— Il a une physionomie bien intéressante!

— Il en sera très flatté quand je le lui répéterai.

— Oh! Mr Cade, vous n'avez pas honte? En voilà une idée! A propos, pourquoi vous a-t-il appelé « gentleman »?

— C'est un surnom qu'on m'a donné jadis.

— Tiens! Pourquoi ça?

— Probablement parce que je n'en suis pas un.

— Oh! Mr Cade, comment pouvez-vous dire une chose pareille! Ce matin encore, mon père disait que vous aviez des manières de vrai gentleman!

— Monsieur votre père est trop bon, Miss Taylor.

— Et nous sommes tous d'avis que vous êtes un gentleman dans toute l'acception du mot!

— Vous me comblez!

— Je vous assure que je pense ce que je dis.

— Un bon cœur vaut une couronne, déclara Anthony, sans trop savoir ce qu'il voulait dire par là.

— C'est un poète qui a dit cela, n'est-ce pas? C'est bien beau! Aimez-vous la poésie, Mr Cade?

— Il est temps de déjeuner, déclara Anthony. Sui-

9

vez-moi, mesdames et messieurs ! Il y a un café excellent dans le voisinage.

— J'espère, dit Mrs Caldicott de sa voix profonde, que le premier déjeuner est compris dans le prix global ?

— Le premier déjeuner, Mrs Caldicott, répondit Anthony en reprenant son ton de guide professionnel, est considéré comme un extra.

— C'est du vol !

— On a de dures épreuves à subir dans la vie, Mrs Caldicott, soupira Anthony.

— En prévision de celle-ci, déclara majestueusement Mrs Caldicott, j'ai versé un peu de thé dans ma bouteille thermos avant de partir, et j'ai emporté quelques tranches de pain. On ne va pas au café, John ! Inutile de dépenser des sommes folles.

Mr et Mrs Caldicott tirèrent triomphalement leur bouteille thermos, et Anthony ne put s'empêcher de soupirer :

« Mon Dieu, les avez-vous vraiment créés à votre image ? »

Au café, Miss Taylor reprit son interrogatoire :

— Y a-t-il longtemps que vous n'aviez vu votre ami ?

— Sept ans, je crois.

— Vous l'avez connu en Afrique ?

— Oui, mais pas dans cette région-là. La première fois que j'ai vu Jimmy McGrath, il était solidement ficelé et attendait le moment où les Noirs le mettraient au four pour le rôtir. Vous savez qu'il y a encore des tribus cannibales ! Nous sommes arrivés juste à temps.

— Que s'est-il passé alors ?

— Une bonne petite bagarre, pas autre chose. Nous en avons décollé quelques-uns, et les autres ont pris la poudre d'escampette.

— Oh! Mr Cade, quelle jeunesse aventureuse vous avez dû avoir!

— Très paisible, au contraire, je vous assure.

Mais Miss Taylor n'en croyait pas un mot.

*
* *

Il était près de dix heures du soir quand Anthony Cade entra dans la petite pièce de Jimmy McGrath, qui était en train de mélanger artistement des cocktails.

— Fais-m'en un fort, mon brave Jim! J'en ai besoin, je te le jure! Elles m'ont tué.

— Elles tueraient n'importe qui! Je ne me chargerais pas de ce travail-là pour un empire.

— Donne-m'en un autre, et je te promets que les autocars Castle ne me reverront plus!

McGrath, d'une main experte, prépara le cocktail, puis, lentement :

— Tu dis ça sérieusement?

— Quoi, ça?

— Que tu quitterais cet emploi si tu en trouvais un autre?

— Tu ne vas pas me dire que tu en as un pour moi?

— Ça se pourrait bien!

— Pourquoi ne le prends-tu pas toi-même?

— Il ne me convient guère, c'est pourquoi j'essaie de te le repasser.

Anthony le fixa d'un regard soupçonneux.

— Dis donc, tu ne vas me proposer d'enseigner dans une école du dimanche?

— Tu crois que quelqu'un pourrait me le proposer, à moi?

— Ma foi non, si ce quelqu'un te connaît.

— Crois-moi, c'est un travail tout à fait convenable, si l'on peut dire!

— Pas en Amérique du Sud, par hasard? J'ai déjà pensé à l'Amérique du Sud, figure-toi! Il y a une bonne petite révolution qui se prépare dans une de ces petites républiques.

— Tu as toujours aimé les révolutions, toi!

— Parce que je sens qu'elles peuvent développer mes possibilités! Je t'assure que je peux me rendre rudement utile, que ce soit à un parti ou à l'autre.

— Calme-toi, ce travail n'est pas en Amérique du Sud. Il est en Angleterre.

— En Angleterre? Retour du héros à sa terre natale après de longues pérégrinations! Les créanciers peuvent-ils me poursuivre après des années d'absence, Jilly?

— Je ne crois pas. En tout cas, ça te dit quelque chose?

— Ça me dit même beaucoup. Mais pourquoi diable ne t'en charges-tu pas toi-même?

— Je te le dirai, Anthony. Je crois avoir découvert une mine d'or, tout au fond du pays.

Anthony sifflota.

— Depuis que je te connais, Jimmy, tu es toujours sur le point de découvrir une mine d'or.

— Et je finirai par la découvrir, tu verras!

— A chacun son goût selon la nature. Moi, j'aime les bagarres, et toi les mines d'or.

— Je te raconterai toute l'histoire. Je suppose que tu as entendu parler de la Herzoslovaquie?

Anthony tressaillit.

— La Herzoslovaquie? dit-il, avec une vibration étrange dans la voix.

— Oui. Tu en sais quelque chose?

Il y eut un silence. Puis, lentement, Anthony dit :

— Ce que tout le monde en sait. Pas plus. C'est un des petits États balkaniques, n'est-ce pas ? Capitale : Ekarest. Population composée de brigands pour la plupart. Ces derniers ont l'aimable habitude d'assassiner leurs rois et de faire des révolutions. Le dernier était Nicolas IV, n'est-ce pas ? Assassiné il y a sept ans environ. Depuis, la Herzoslovaquie est une république. Tu aurais dû me dire tout de suite que ton affaire la concerne.

— Indirectement, mon vieux !

Anthony se croisa les bras.

— Mon vieux, au bon vieux temps, si tu avais raconté une histoire de cette façon-là, on t'aurait suspendu par les pieds ou donné cent coups de bâton ! Tu ne pourrais donc pas dire carrément de quoi il s'agit ?

Jimmy, nullement ému par ces reproches, poursuivit :

— As-tu entendu parler du comte Stylpitch ?

— Dame ! Même ceux qui ne savent pas l'existence de la Herzoslovaquie connaissent celle du comte Stylpitch ! Le sauveur des Balkans ! Le plus grand homme d'État de notre temps ! La caricature de Talleyrand. Et cætera, et cætera, selon l'orientation des différents journaux qui en parlent. Mais sache bien, Jim, que l'on parlera encore du comte Stylpitch quand toi et moi ne serons plus que poussière. Tout ce qui s'est produit dans le Proche-Orient durant le dernier quart de siècle est dû entièrement ou en partie à son influence. Dictateur, patriote, homme politique, président du Conseil — et, par-dessus tout, roi de l'intrigue ! Mais n'est-il pas mort ?

— En effet. Il est mort à Paris il y a deux mois. Mais ce que je raconte s'est passé il y a quelques années.

— Ce que tu me racontes ? Mais en fin de compte, que me racontes-tu ?

Cette fois, Jimmy accepta le reproche et hâta son récit.

— C'était à Paris, il y a quatre ans. Je retournais chez moi, au milieu de la nuit, et je passais par un quartier désert, quand j'aperçus une demi-douzaine de brutes assaillant un vieux monsieur honorable. J'ai horreur des combats où les forces sont trop inégales; c'est pourquoi je me suis rué sur les bandits.

— Quel dommage de ne pas m'être trouvé là! murmura Anthony.

— Ce n'était pas grand'chose, dit modestement Jim. Ils n'avaient aucune idée de la boxe. Bref, ils ont fini par déguerpir. Et le vieux, bien que roué de coups, était encore assez lucide pour m'extorquer mon nom et mon adresse, et venir me remercier le lendemain. Il a été chic, je ne te dis que ça! C'est alors que j'ai appris qu'il n'était autre que le comte Stylpitch. Il avait un hôtel, avenue du Bois.

Anthony fit un signe affirmatif.

— Oui, il était venu habiter Paris après l'assassinat du roi Nicolas. Plus tard, on lui a proposé la présidence de la République, mais il a refusé. Il est resté fidèle jusqu'au bout à ses principes monarchistes — ce qui ne l'a pas empêché de tremper dans toutes les révolutions qui ont éclaté aux Balkans!

— Le roi Nicolas, c'est bien celui qui avait épousé une drôle de femme? demanda Jimmy.

— Mais oui, une petite danseuse de music hall, impossible même pour une alliance morganatique! Mais Nicolas en était follement épris, et elle, ça la grisait de

14

devenir une reine! C'est fantastique, mais ils y ont réussi! On lui a octroyé le titre de comtesse Popoffsky, en affirmant qu'elle avait du sang royal dans les veines, et Nicolas l'a épousée en grande pompe à la cathédrale d'Ekarest. Mais la reine Varaga, — c'est le nom qu'on lui avait donné — a déplu à Sa Majesté le peuple. Ces braves gens, plus royalistes que le roi, voulaient une reine authentique! Il y a eu des révoltes, puis des mesures de répression violentes, puis, comme d'habitude, une révolution, et tout cela a fini par l'assassinat du roi et de la reine, par la proclamation de la République. Depuis, je crois, ils ont assassiné un président ou deux, pour se maintenir en forme... Mais revenons à nos moutons. Tu me disais donc que le comte Stylpitch te considérait comme son sauveur.

— En effet, et il tâchait de me le prouver! Mais bientôt après, j'ai quitté Paris pour regagner l'Afrique et je n'ai plus songé à cette affaire jusqu'au moment — il y a de cela exactement quinze jours — où j'ai reçu un étrange paquet qu'on m'a fait suivre à toutes mes adresses successives. Je savais par le journal que le comte Stylpitch était mort récemment à Paris. Eh bien, ce paquet contenait ses mémoires. Parfaitement, les mémoires du comte Stylpitch, un manuscrit volumineux qu'il avait dû m'expédier peu avant sa mort, avec une lettre me signifiant que si je remettais le manuscrit ci-joint à une certaine maison d'édition à Londres, pas plus tard que le 13 octobre, je toucherais une somme de mille livres.

— Mille livres? Tu as bien dit mille livres, Jimmy?

— Parfaitement, mon vieux. J'espère que ce n'est pas une blague. « Méfiez-vous des politiciens », dit la sagesse des nations. Et pourtant, j'ai foi en celui-là. Il assure, dans sa lettre posthume, que les éditeurs me remettront la somme en échange du manuscrit. Ce dernier a voyagé si longtemps que, si je veux m'en charger, je n'ai pas de temps à perdre. Et pourtant, je préférerais me rendre immédiatement dans la région où se trouve ma mine d'or!

— Tu veux dire où elle ne se trouve pas!

— C'est bien ce doute qui m'a finalement décidé à me mettre en route pour l'Angleterre! Me voilà avec mon aller et retour dûment payé, prêt à m'embarquer à Cape Town — et tout à coup...

— Tout à coup, tu rencontres ce vieux Cade et tu te dis : « S'il allait en Angleterre à ma place pendant que je retourne à ma mine d'or? » Parlons sérieusement : si j'obtiens ces mille livres, combien toucherai-je là-dessus?

— Que dirais-tu du quart?

— Deux cent cinquante livres net?

— C'est bien cela.

— Entendu. Et, pour t'embêter, je te confierai que j'aurais accepté même si tu ne m'en avais proposé que cent! Toi, Jimmy McGrath avec ta mine d'or, tu mourras un jour à l'hôpital!

— Alors, accepté?

— Je suis ton homme. A bas les autocars Castle!

Ils levèrent leurs verres et burent solennellement à la réussite de leur affaire commune.

CHAPITRE II

— Sur quel paquebot vais-je m'embarquer? demanda Anthony, en remettant son verre vide sur la table.

— Sur le *Granarth Casıle*.

— Le ticket est à ton nom, n'est-ce pas? Je devrai donc personnifier James McGrath. Tu me donneras ton passeport.

— Bien sûr. Nous ne nous ressemblons pas le moins du monde, mais notre description rédigée par MM. les fonctionnaires doit être la même : taille, 1,85 m; cheveux châtains; yeux bleus, nez moyen, front moyen; menton moyen...

— Je ne suis pas si moyen que ça, s'il te plaît! Crois-tu que c'est pour rien que la direction des autocars Castle m'a choisi parmi plusieurs concurrents, grâce à mon physique agréable et à mes bonnes manières?

— Oui, oui, on te connaît! Tu as toujours fait le gentleman.

Anthony se leva et se mit à marcher de long en large dans la petite pièce. Ses sourcils étaient froncés, il méditait, et quelques minutes passèrent avant qu'il ouvrît la bouche.

— Jimmy, dit-il enfin, Stylpitch est mort à Paris.

Pourquoi, avant de mourir, t'a-t-il envoyé ce manuscrit en Afrique au lieu de l'expédier directement à Londres?

Jimmy, perplexe, haussa les épaules.

— C'est ce que je me suis déjà demandé.

— Pourquoi ce détour? Je sais que les diplomates ont toujours toutes sortes de raisons pour faire les choses simples de la façon la plus difficile et la plus compliquée qui soit mais, pour qu'on envoie un manuscrit de Paris à Londres *via* l'Afrique, il doit quand même y avoir une raison plausible! Si le comte tenait uniquement à t'assurer une somme de mille livres, il aurait pu aussi bien te la léguer par testament! Ni toi ni moi ne sommes trop fiers pour dédaigner un legs. Stylpitch devait être gâteux.

— Tu crois ça, toi?

— Moi, je n'en sais rien. Mais toi qui l'as vu, quelle impression t'a-t-il fait?

— Le soir de la bagarre, il était un peu assommé, et aussi, inutile de le nier, un peu gris : les bandits en avaient certainement profité! Mais le lendemain, quand il est venu me voir, c'était un vrai grand seigneur qui disait de si belles phrases et me faisait tant de compliments que je ne savais plus où me mettre!

— Le crois-tu rancunier et vindicatif?

— Pourquoi me demandes-tu ça?

— Parce que je sais que bon nombre d'hommes politiques qui ont gardé toute leur vie un silence prudent prennent leur revanche en laissant des mémoires pleins d'indiscrétions posthumes. On dirait qu'ils prennent un malin plaisir à tourmenter les vivants du moment qu'eux-mêmes sont confortablement installés dans leurs tombes. As-tu lu le manuscrit?

— Lu un manuscrit, moi? Pour qui me prends-tu? Je m'endormirais à la troisième page!

18

— Il serait pourtant utile de le parcourir. Ça nous donnerait peut-être la clef du mystère. Mais dis-moi, le soir où il était gris, le comte n'a-t-il rien laissé échapper d'intéressant ?

Jimmy réfléchit pendant quelques instants, faisant un effort de mémoire pour se rappeler cette lointaine soirée.

— Je crois, fit-il enfin, qu'il a dit : « Je sais où se trouve le Koh-i-noor. »

— Ça, répliqua Anthony, nous le savons tous ! Le fameux diamant est gardé à vue derrière des vitres et des grilles, par tout un bataillon ! A-t-il dit autre chose encore ?

— Il a murmuré, si je ne me trompe, qu'il savait fort bien qui étaient ses agresseurs : les hommes du roi Victor !

— Quoi ?

Anthony se retourna brusquement.

McGrath éclata de rire.

— Ne t'échauffe pas, mon vieux ! On dirait que ça t'excite, ma petite histoire ?

— Ne fais pas l'idiot, Jim. Tu viens de dire, sans t'en douter, une chose très importante.

— Vraiment ? Mais qui est ce roi Victor ? Un autre souverain balkanique ?

— Non, dit lentement Anthony. C'est un autre genre de monarque. Le roi Victor, Jimmy, est tout simplement le roi des bandits. Un des plus fameux voleurs de bijoux du monde. Il a son quartier général à Paris, où on lui a donné ce surnom de « roi Victor ». On a réussi à le pincer et on l'a mis en tôle pour sept ans. On n'avait pas les preuves nécessaires pour le coffrer à perpète. Il sera bientôt en liberté — peut-être l'est-il déjà.

— Tu crois que le compte Stylpitch a aidé à le faire enfermer et qu'il y a eu vengeance ?

— C'est très possible. Je ne crois pas que le roi Victor ait jamais volé les bijoux de la couronne herzoslovaque, mais, en tout cas, il doit y avoir quelque chose là-dessous. La mort de Stylpitch, les Mémoires, les bruits qui courent dans les journaux... Lis-tu les journaux, Jim ?

— Ça m'arrive une fois par hasard, mais en général, je trouve que tout ce qu'ils racontent ne m'intéresse pas.

— Dieu merci, je suis plus civilisé que toi ! Je lis les journaux tous les jours, et je sais qu'on parle obstinément, depuis quelque temps, d'une restauration de la monarchie en Herzoslovaquie.

— Nicolas IV n'a pas laissé de fils, n'est-ce pas ? demanda Jimmy. Mais je suis sûr qu'il y a des neveux, et des petits-neveux, et des cousins germains, et des arrière-petits cousins, qui courent le monde et ne demandent pas mieux que de grimper sur le trône de leurs aïeux !

— Autre chose encore, compléta Anthony. Il paraît qu'on a découvert en Herzoslovaquie des puits de pétrole... Les gens commencent à s'intéresser à ce petit pays !

— Quelles gens ?

— Les gens de la haute finance, Jimmy. Américaine, juive, catholique, internationale...

— Mais tu n'es pas un financier, toi ! Et même si le manuscrit, comme tu parais vouloir l'insinuer, contient des indiscrétions sur la Herzoslovaquie et autre chose, ça ne te regarde pas ! Tu n'as qu'à remettre le paquet à l'éditeur, à empocher les mille livres et à filer.

— Parfait. Mais sais-tu où je filerai ?

— En Amérique du Sud ?

— Non, mon ami. En Herzoslovaquie. Je n'y aurais jamais pensé tout seul si tu ne m'en avais parlé. Mais maintenant la chose m'intéresse. Riche de mes deux cent cinquante livres, je pourrai me lancer dans la bataille ! Je flaire qu'il s'y prépare quelque chose. Je crois que je vais me mettre du côté des républicains. Je finirai par être élu président, tu vas voir.

— Pourquoi pas roi, pendant que tu y es ? Tu pourrais te faire passer pour le dernier rejeton de la dynastie des Obolovitch !

— Non, Jimmy. On est roi pour la vie. Mais on n'est président que pour quatre ou sept ans. Ça m'amuserait follement de gouverner un État comme la Herzoslovaquie pendant quatre ans.

— Si je ne me trompe, rectifia Jimmy, les rois, d'ordinaire, y restent encore moins...

— Plus j'y pense, Jimmy, plus cette idée me plaît ! Voilà un peuple vivant et vigoureux, avec lequel on ne risque pas de se rouiller ! Entendu : je passe une journée à Londres pour remettre le bouquin et recevoir la galette, je t'envoie tes sept cent cinquante livres (à moins que jusque-là tu n'aies découvert ta mine d'or ; dans ce cas, j'investirai ton capital dans les pétroles herzoslovaques) et je file par le rapide balkanique !

— Un instant, mon vieux ! Pas si vite ! J'ai encore une petite commission pour toi à Londres.

Anthony se laissa tomber dans le fauteuil.

— Je savais bien, cachottier, qu'il y avait encore autre chose ! Je te sentais venir. Allons, parle ! Accouche ! Autre mystère !

— Pas du tout. Il s'agit... heuh... Il s'agit d'une dame.

— Une fois pour toutes, James, je refuse d'intervenir dans tes histoires sentimentales.

— Ce n'est pas cela. Je n'ai jamais vu cette dame. Je te raconterai toute cette affaire.

— Si je dois écouter de nouveau toute une longue histoire, je réclame encore un cocktail pour me fortifier!

Son hôte se hâta de satisfaire à son exigence, puis commença :

— C'était il y a quelque temps, en Uganda. Il y avait là une espèce de bandit à qui j'avais sauvé la vie...

— Si j'étais toi, Jimmy, j'écrirais un livre intitulé : *Ceux à qui j'ai sauvé la vie.* Voilà déjà le deuxième!

— Ce n'est pas de ma faute, je t'assure. Celui-là, je l'ai simplement tiré de la rivière. L'idiot ne savait pas nager! Au fond, j'aurais dû le laisser crever. Un rude coquin, je t'assure!

— Attends un instant. Cette histoire a-t-elle un rapport avec l'autre?

— Aucun. Sauf que — drôle de hasard, maintenant que j'y pense! — le type était herzoslovaque. Un bandit de la plus sale espèce, mais personnellement je n'ai pas à m'en plaindre : après le sauvetage, il m'a été dévoué comme un chien. Bon. Six mois après, le voilà qui meurt de la malaria. Au moment de mourir — il m'avait fait appeler — il tire de dessous sa chemise un paquet cousu dans de la toile cirée et me le fourre dans la main en chuchotant je ne sais quoi sur une mine d'or. L'instant d'après, il rend l'âme. Ma foi, je n'avais guère confiance en lui, mais que veux-tu, la chance est aveugle! Si par hasard il était tombé sur une mine d'or...

— Rien que cette pensée te faisait trépigner, hein ? interrompit Anthony.

— Je te jure que de ma vie je n'ai été aussi dégoûté que quand j'ai décacheté son paquet. Une mine d'or, en effet ! C'en était peut-être une pour ce misérable ! Damnation ! Sais-tu ce que c'était, Anthony ? Des lettres de femme ! Parfaitement, les lettres d'amour d'une dame anglaise... Dieu sait où il les avait volées, le coquin ! Naturellement, il la faisait chanter, et il croyait que j'en ferais autant !

— Ta juste fureur me plaît, mon brave Jim, mais mets-toi à sa place. Tu lui avais sauvé la vie ; pour te récompenser, il t'a offert un moyen de gagner de l'argent : que veux-tu, ta haute moralité n'entrait pas dans ses conceptions !

— Que diable devais-je faire de ces lettres ? J'ai d'abord voulu les brûler, puis je me suis dit que la pauvre femme, ne sachant pas qu'elles ont été détruites, vivrait toujours dans la terreur de ce maître chanteur.

— Tu as plus d'imagination que je ne le croyais, Jimmy, observa Anthony en allumant une cigarette. J'admets que le cas est plus difficile qu'il ne le paraît au premier abord. Si on lui renvoyait ces lettres par la poste ?

— Comme toutes les femmes, elle écrit sans date et sans adresse. Dans une de ses lettres seulement, elle dit qu'elle se trouve à Chimneys.

Anthony laissa tomber son allumette.

— Chimneys ? fit-il. Pas possible !

— Comment, tu connais cet endroit ?

— Mais, mon brave vieux, Chimneys est une des plus anciennes demeures seigneuriales d'Angleterre ! Les rois et les reines y vont passer le week-end, et les diplomates y mijotent leurs petites affaires.

— Tiens, voilà une des raisons pour lesquelles je suis content que tu ailles en Angleterre à ma place, dit simplement Jimmy. Un pauvre diable comme moi, venu du fin fond du Canada, y ferait sûrement gaffe sur gaffe, tandis que toi, qui as fait des études à Eton et à Harrow...

— A Eton seulement, mon vieux! Rien qu'à Eton.

— ... sauras mener heureusement la tâche à bout. Rends-toi compte : même si j'avais su l'adresse exacte, je ne lui aurais pas renvoyé les lettres. A en juger par ses missives, elle doit avoir un mari jaloux. S'il avait ouvert le paquet à sa place? Non, non, le seul moyen est de la retrouver et de les lui remettre en main propre.

Anthony jeta sa cigarette et donna à son ami une tape affectueuse sur l'épaule.

— Tu es un vrai chevalier, Jimmy. Le fin fond du Canada devrait être fier de t'avoir donné naissance. Je ne saurais jamais faire la chose avec tant d'allure.

— Mais tu la feras quand même?

— Bien entendu!

McGrath se leva et, s'approchant d'un tiroir, y prit un paquet de lettres.

— Tiens, jette un coup d'œil.

— Pour quoi faire?

— Tu y trouveras peut-être d'autres indications que Chimneys, qui te serviront à la repérer.

Ils relurent soigneusement les lettres, mais sans résultat. Anthony refit le paquet en murmurant :

— Pauvre petite! Ce n'est pas gai d'être mariée sans amour.

— Crois-tu que tu pourras la retrouver? demanda anxieusement Jim?

— Je ne quitterai pas l'Angleterre avant de l'avoir

fait, sois tranquille. Cette inconnue t'intéresse donc tant, Jimmy?

— Que veux-tu, dit le Canadien, un peu confus, en indiquant du doigt la signature : elle a un si joli nom! *Virginie Revel.*

CHAPITRE III

— D'accord, mon cher, d'accord, dit lord Caterham.

Il l'avait déjà dit trois fois, dans l'espoir de pouvoir mettre fin à l'entretien et de s'échapper. Il avait horreur de stationner sur le seuil de son club sélect à Londres et d'être obligé d'écouter les discours interminables de l'honorable George Lomax.

Clement Edward Alistair Brent, neuvième marquis de Caterham, était un petit bonhomme sans le moindre soupçon d'élégance et ne ressemblant à rien moins qu'à un marquis. Le malheur de sa vie était d'avoir succédé il y a quatre ans à son frère, le huitième marquis, ancien ministre des Affaires étrangères, connu dans toute l'Angleterre pour ses talents d'homme politique, sa diplomatie et son hospitalité. Admirablement secondé par sa femme, une fille du duc de Perth, il avait reçu à Chimneys, dans sa fameuse propriété de campagne, les plus hautes personnalités, des traités y avaient été élaborés, des pactes historiques conclus. Il n'y avait guère de personnage en Angleterre et même sur le continent qui n'eût passé un week-end à Chimneys.

Tout cela était fort bien. Le neuvième marquis de Caterham avait le plus grand respect pour la mémoire

26

de son frère. Henry avait fait admirablement son métier d'homme politique. Mais ce que le nouveau lord Caterham n'admettait pas, c'est qu'on le forçât, lui, à suivre les traces de son frère, et que l'on considérât Chimneys comme un domaine national au lieu d'une propriété privée. Rien n'ennuyait lord Caterham plus que la politique — sauf peut-être les politiciens. En ce moment, par exemple, l'éloquence de George Lomax, un gentleman vigoureux, penchant vers l'embonpoint, à la face rubiconde, aux yeux à fleur de tête, et pénétré de sa propre importance, le mettait en fureur.

— Vous vous rendez compte, Caterham ? Un scandale en ce moment nous serait funeste ! La situation est particulièrement délicate.

— C'est ce que les diplomates disent toujours, répondit lord Caterham avec un soupçon d'ironie.

— Mais cette fois, mon cher, c'est sérieux, je vous assure ! Cette affaire herzoslovaque est plus importante que vous ne le croyez. Il faut que la concession des pétroles soit accordée à une compagnie anglaise. J'espère que vous êtes d'accord ?

— Sans doute, sans doute !

— Le prince Michel Obolovitch arrive à la fin de cette semaine, et l'on peut parfaitement organiser cette affaire à Chimneys sous le couvert d'une partie de chasse.

— Et moi qui comptais partir pour l'étranger cette semaine ! dit lord Caterham.

— Personne ne part pour l'étranger au commencement d'octobre, mon cher Caterham.

— Mais mon médecin trouve que j'ai justement besoin de repos, dit lord Caterham en jetant un regard avide sur un taxi qui passait.

Mais Lomax, enrichi sans doute par une longue

expérience, avait l'habitude de retenir les gens à qui il parlait par le pan de leur veston. Il avait fermement agrippé celui de lord Caterham.

— Mon cher ami, vous vous devez de le faire. A l'heure de la crise nationale, où l'Angleterre tout entière...

Lord Caterham savait que quand George Lomax commençait un discours, il pouvait continuer vingt minutes sans s'arrêter.

— Bien, bien, dit-il hâtivement. Je consens. Chargez-vous de l'organisation.

— Mon cher, il n'y a rien à organiser. Chimneys est un endroit idéal pour ces sortes de choses. Je ne serai pas parmi vos invités, pour ne pas éveiller les soupçons, mais je passerai le week-end dans ma propriété d'Abbeys, à sept milles de la vôtre. Toutefois, il serait bon d'avoir un lien vivant entre nous, pour transmettre les messages éventuels. Que diriez-vous de Bill Eversleigh ?

— Enchanté, déclara lord Caterham avec plus de sincérité dans la voix qu'il n'en avait montré jusqu'alors. C'est un gentil garçon, et Chiffonnette a de la sympathie pour lui.

— A part lui, vous aurez donc le prince, sa suite, Herman Isaacstein...

— Qui ça ?

— Isaacstein, le représentant du syndicat panbritannique dont je vous parlais tout à l'heure. Et, naturellement, quelques jeunes gens et jeunes femmes pour sauver les apparences. Demandez à lady Eileen d'inviter des amis n'ayant rien à faire avec la politique.

— Bon. Chiffonnette s'en occupera. Au rev...

— Attendez, un instant encore. Je viens d'avoir une idée. Vous vous rappelez l'affaire dont je vous ai parlé tout à l'heure ?

— Vous m'avez parlé de tant de choses à la fois!

— J'entends ce contretemps infortuné — Lomax baissa la voix — les Mémoires du comte Stylpitch!

— Vous avez tort de vouloir empêcher leur publication. Les révélations scandaleuses plaisent toujours au public. Je lis moi-même les Mémoires dès qu'ils paraissent, et je les trouve extrêmement amusants.

— Précisément, il ne faut pas qu'ils soient lus! Leur apparition au moment actuel pourrait détruire tous nos projets. Le peuple de Herzoslovaquie veut restaurer la monarchie, et il est prêt à offrir la couronne au prince Michel, qui est soutenu par le gouverneur de Sa Majesté...

— Et qui est prêt à accorder une concession sur les pétroles à Mr... Mr... Isaac Hermanstein, c'est-à-dire au syndicat panbritannique, en échange d'un emprunt de quelques millions pour le faire monter sur le trône...

— Caterham! Caterham! chuchota Lomax, angoissé. Pas si haut, pour l'amour de Dieu! Un peu de discrétion!

Mais lord Caterham, enchanté d'ennuyer à son tour son interlocuteur, continua imperturbablement :

— La combinaison est parfaite, mais les Mémoires de Stylpitch peuvent vous jouer à tous un mauvais tour. Réminiscences de la tyrannie et de la débauche de la famille régnante, brusque revirement dans l'opinion publique, interpellations au Parlement : à quoi bon remplacer une forme de gouvernement démocratique par un despotisme périmé? Politique dictée par les capitalistes, exploiteurs, profiteurs, etc.

Lomax fit un signe de tête affirmatif.

— Autre chose encore, dit-il. Si jamais on faisait la moindre allusion à... à... à cette disparition mystérieuse... Vous savez bien ce que je veux dire!

— Mais non, je ne sais pas! Quelle disparition?

— Vous en avez sûrement entendu parler. Cela s'est produit à Chimneys. Henry en était navré. Ça a failli ruiner sa carrière.

— Tiens, tiens, mais ça m'intéresse! Qui ou quoi a disparu? Expliquez-moi!

Lomax approcha sa bouche de l'oreille de lord Caterham. Ce dernier recula vivement.

— Pour l'amour de Dieu, ne m'envoyez pas de postillons!

— Avez-vous entendu ce que j'ai dit?

— Oui, dit lord Caterham, je me souviens maintenant en avoir entendu parler. C'est une affaire singulière. On ne l'a donc jamais retrouvé?

— Jamais. Nous avons dû évidemment procéder aux recherches avec une discrétion absolue. Il ne fallait pas que cela se sût. Et je suis persuadé que Stylpitch en savait quelque chose. Pas tout peut-être, mais quelque chose. Nous étions en bisbille à ce moment-là au sujet de la Turquie. Supposez qu'il ait consigné toute l'affaire dans ses Mémoires, par pure malice. Le public se demanderait pourquoi on en a fait un secret.

— Et il aurait raison, dit lord Caterham, qui commençait à s'amuser.

Lomax, qui avait involontairement élevé la voix, se maîtrisa.

— Il faut que je reste calme, murmura-t-il, il le faut! Mais dites-moi vous-même, mon cher : s'il n'y a rien de répréhensible dans ses Mémoires, pourquoi les a-t-il expédiés par une voie aussi singulière?

— En êtes-vous sûr?

— Absolument. Nous avons nos... hum... nos agents secrets à Paris. Les Mémoires ont été envoyés peu avant sa mort à un nommé James ou Jimmy McGrath, un Canadien habitant l'Afrique.

— Mais ça devient une affaire mondiale! dit gaiement lord Caterham.

— Ledit McGrath doit arriver demain jeudi à bord du *Granarth Castle*.

— Et que comptez-vous faire?

— Nous comptons nous entretenir immédiatement avec lui, lui faire comprendre les conséquences graves que peut entraîner la publication et le prier de la retarder au moins d'un mois, et aussi de soumettre les Mémoires à... hum... à une révision judicieuse.

— Et s'il vous dit « Non, monsieur » ou « Que le diable vous emporte! » ou autre chose d'aussi sympathique? demanda lord Caterham.

— C'est bien ce que je crains! C'est pourquoi l'idée m'est venue de l'inviter, lui aussi à Chimneys. Il sera très flatté, bien entendu, de passer un week-end dans un château avec une Altesse, et il sera plus facile de l'embobiner...

— Non. Lomax, je ne veux pas de votre Canado-Africain chez moi! Je vois d'ici ce que c'est, et...

— Mais ce n'est pas vous, mon cher, qui aurez à vous en occuper! Il nous faudrait pour cela une femme. Oui, une femme qui manierait l'affaire avec tact et délicatesse, qui saurait lui en dire assez, mais pas trop... Je n'approuve pas l'activité féminine dans le domaine purement politique, mais dans leur sphère à elles, les femmes peuvent faire des miracles! Voyez Marcia, la femme de ce pauvre Henry : quelle maîtresse de maison, quelle diplomate, quelle admirable animatrice d'un salon politique!

— Vous n'allez pas me dire que vous voulez me faire

inviter Marcia ? s'exclama lord Caterham, pâlissant à l'idée de revoir sa redoutable belle-sœur.

— Non, non, mon cher, vous ne m'avez pas compris. Je parlais de l'influence féminine en général. Pour cette fois, je proposerais plutôt une femme jeune, jolie, spirituelle, charmante...

— Vous parlez de Chiffonnette ? Elle ne vous servirait à rien, mon pauvre ami ! Ma fille est une socialiste effrénée ! Elle se tordrait si vous lui proposiez cela.

— Non, je ne songeais pas à lady Eileen. Elle est délicieuse, mais c'est une enfant. Trop jeune, beaucoup trop jeune ! Il nous faut une femme ayant de l'expérience, du savoir-faire, une certaine allure mondaine... Mais voyons, c'est tout trouvé ! Ma cousine Virginie.

— Mrs Revel ?

Le visage de lord Caterham s'éclaircit. L'affaire commençait à l'intéresser.

— Une bonne idée que vous avez eu là, Lomax ! C'est la plus charmante femme de Londres.

— Et n'oubliez pas qu'elle est au courant des affaires herzoslovaques. Son mari, comme vous le savez était chargé d'affaires à la légation. Une femme d'un grand charme, vous l'avez dit.

— Exquise ! murmura lord Caterham.

— Alors, c'est entendu ?

Mr Lomax lâcha le pardessus de lord Caterham, qui poussa un soupir de soulagement et s'élança vers un taxi.

— A bientôt, Lomax ! Vous arrangerez tout cela, n'est-ce pas ?

Lord Caterham détestait Lomax autant qu'un gentleman anglais peut en détester un autre. Il avait horreur de ses yeux bleus à fleur de tête, de sa face grave et rubiconde, de son importance essoufflée. Il soupira en songeant au week-end à Chimneys. Quelle corvée! Seule l'image de Virginie Revel le regaillardissait un peu.

— Adorable! murmura-t-il. C'est le seul mot qui serve : elle est adorable!

CHAPITRE IV

UNE FEMME CHARMANTE

George Lomax rentra immédiatement au Ministère. Quand il ouvrit la porte de son bureau, il entendit quelqu'un changer précipitamment de place.

Mr Bill Eversleigh classait avec application des lettres, mais il y avait encore un creux sur le siège du fauteuil placé devant la fenêtre.

— Richardson a-t-il présenté le rapport ?

— Non, sir. Dois-je aller le chercher ?

— Pas tout de suite. Y a-t-il eu des appels téléphoniques ?

— Miss Oscar les a notés, sir. Rien d'important. Mr Isaacstein demande si vous pouvez déjeuner avec lui demain au *Savoy*.

— Dites à miss Oscar de voir dans mon carnet. Si je n'ai pas d'autre rendez-vous, qu'elle accepte.

— Oui, sir.

— En attendant, Eversleigh, demandez donc au téléphone Mrs Revel, 487, Pont Street. Vous trouverez le numéro dans l'annuaire.

— Oui, sir.

Bill saisit l'annuaire du téléphone, l'ouvrit au hasard, et, sans même y jeter un regard, se dirigea vers le téléphone. Puis, tout à coup, lâchant le récepteur :

— Je viens de m'en souvenir, sir, ce n'est pas la peine de lui téléphoner! J'ai voulu dire quelques mots à Mrs Ravel, il y a un instant, et son appareil ne fonctionne pas.

George Lomax fronça les sourcils.

— C'est ennuyeux, dit-il, très ennuyeux! Que faire?

— Si c'est important, sir, peut-être vaudrait-il mieux que j'aille la voir? Elle est sûrement chez elle à cette heure-ci!

Georges Lomax hésita quelques instants.

— Bon, dit-il enfin. Prenez un taxi et demandez à Mrs Revel si elle peut me recevoir cet après-midi à quatre heures, car il faut absolument que je lui parle d'une chose très importante.

— Bien, sir.

Bill saisit son chapeau et disparut.

Dix minutes plus tard, un taxi le déposait devant le numéro 487, Pont Street. Il sonna et en même temps, frappa gaiement à la porte. Un grave valet de chambre l'accueillit. Lui faisant signe comme à une vieille connaissance, Bill demanda :

— Mrs Revel est-elle là, Chilvers?

— Elle allait justement sortir, sir.

— C'est vous, Bill? demanda une voix dans l'escalier. J'ai reconnu votre façon de frapper à la porte. Montez vite!

Bill leva les yeux vers le visage rieur qui se penchait au-dessus de la rampe et qui lui faisait — à lui et à beaucoup d'autres — perdre la tête comme à un collégien. Il monta l'escalier quatre à quatre et serra vigoureusement la main tendue.

— Bonjour, Virginie!

— Bonjour, Bill!

Le charme est une chose étrange. Des centaines de

jeunes femmes, parfois plus belles que Virginie Revel, auraient pu dire « Bonjour, Bill » avec la même intonation, mais un tout autre résultat. Ces deux mots prononcés par Virginie enivraient Bill.

Virginie Revel avait vingt-sept ans. Elle était grande, d'une sveltesse admirablement proportionnée, avec des cheveux de nuance bronzée, un petit menton décidé, un joli nez, des yeux un peu obliques, d'un bleu intense, et une bouche indescriptible à l'arc de Vénus nettement tracé. Il y avait en elle une sorte de vitalité radieuse qui n'aurait permis à personne de passer devant elle sans la voir et sans en être attiré.

Elle fit entrer Bill dans un petit salon vert et or, qui la faisait ressortir comme un bleuet dans un pré.

— Bill, mon petit, dit Virginie, comment avez-vous pu quitter le Ministère aux heures de travail ? Je croyais que les Affaires étrangères ne pouvaient pas se passer de vous !

— J'ai pour vous une commission du patron. A propos, Virginie, au cas où il en parlerait, rappelez-vous que votre appareil téléphonique ne marchait pas, ce matin !

— Mais il marche parfaitement !

— Je sais. Mais j'ai dit au patron qu'il ne marchait pas.

— Pourquoi ? Expliquez-moi ce mystère diplomatique.

— Simplement pour qu'il m'envoie ici et que je puisse vous voir.

— Oh ! Bill, que vous êtes donc touchant !

— Chilvers m'a dit que vous alliez sortir.

— Oui, je dois aller essayer une nouvelle ceinture.

— Une quoi ?

— Une ceinture en caoutchouc, Bill. Un véritable

instrument de supplice, destiné à dissimuler les hanches. Toutes les femmes ont des hanches, Bill, bien qu'elles prétendent le contraire. Et cette ceinture est censée y remédier!

— Quelle horreur! Pourquoi la portez-vous?

— C'est un sentiment ennoblissant que de me laisser martyriser pour ma silhouette. Pour être mince, il faut souffrir! Mais ne parlons plus de ma ceinture. Dites-moi ce que me veut George?

— Il demande si vous pouvez le recevoir cet après-midi à quatre heures.

— Non, je suis invitée. Pourquoi cette visite officielle? Est-ce pour une demande en mariage?

— Ça ne m'étonnerait pas!

— Si c'est bien cela, dites-lui que je préfère les hommes qui me demandent en mariage sous le coup de l'impulsion.

— Comme moi?

— Vous, Bill, ce n'est pas une impulsion. C'est une habitude.

— Virginie, ne pourrez-vous jamais...

— Non, non, non, Bill. Pas avant le déjeuner. Pensez à moi comme à une amie maternelle qui ne veut que votre bien.

— Je vous aime tant, Virginie!

— Je sais, Bill, je sais. Et j'aime qu'on m'aime! Ai-je tort? Je voudrais que tous les hommes gentils et sympathiques qu'il y a au monde soient épris de moi!

— La plupart le sont, dit mélancoliquement Bill.

— Pas George, j'espère. Je ne crois pas qu'il puisse s'éprendre d'autre chose que de sa carrière. Qu'a-t-il dit encore?

— Qu'il s'agissait d'une chose très importante.

— Tiens, ça commence à m'intriguer! Je vais renoncer à mon thé. Dites à George que je l'attendrai à quatre heures.

Bill jeta un regard sur son bracelet-montre.

— Ce n'est plus la peine de retourner au Ministère avant midi. Si vous étiez un ange, vous viendriez déjeuner avec moi.

— Mais j'ai déjà promis à quelqu'un...

— Ça n'a pas d'importance. Venez quand même! Brûlez la politesse à l'autre!

— Vous croyez? dit Virginie en souriant.

— Virginie, vous êtes un amour! Dites-moi que je vous plais! Plus que d'autres!...

— Mon petit Bill, si tout cela se passait dans un conte de fées et si un méchant sorcier me disait : « Épousez quelqu'un ou vous mourrez! » je vous choisirais le premier, ma parole d'honneur! Je dirais au sorcier : « Puisqu'il faut à tout prix que je me marie, appelez le petit Bill! »

— Eh bien, alors...

— Mais puisque je ne suis pas forcée d'épouser quelqu'un! Ça m'amuse tant d'être une veuve fatale!

— Vous resteriez entièrement libre. Vous feriez tout ce qui vous plairait. Je me ferais si petit que vous ne vous apercevriez même pas de ma présence.

— Il ne s'agit pas de cela, Bill. Je suis de celles qui se marient follement ou pas du tout. Si quelqu'un me faisait perdre la tête...

Bill poussa un soupir.

— Un de ces jours, je vais me suicider, annonça-t-il.

— Non, mon petit Bill. Vous allez faire la cour à une charmante jeune fille, comme vous l'avez fait hier soir.

Bill rougit.

— Écoutez, je... Comment, vous le savez déjà? Eh!

bien, je vous assure... C'est une brave petite, nous sommes copains et... Bref, il n'y a aucun mal à ça!

— Aucun, mon petit Bill! Je suis ravie que vous vous amusiez. Mais ne me dites pas que vous vous mourez d'amour!

Mr Eversleigh retrouva sa dignité perdue.

— Vous ne comprenez pas, Virginie, dit-il sévèrement, que c'est votre faute! Vous me poussez à cela par votre dédain, quitte à me critiquer ensuite. Je voudrais voir le type qui vous plaira!

— Moi aussi, dit Virginie, je voudrais le voir! Et maintenant, Bill, si vous m'aimez vraiment, emmenez-moi vite déjeuner! Je meurs de faim!

CHAPITRE V

Les plans les mieux agencés ont souvent un point faible. Celui de George Lomax avait pour point faible Bill Eversleigh.

Bill était un charmant garçon. Il jouait fort bien au golf et au cricket, il avait bon caractère, il était bien élevé, mais son poste aux Affaires étrangères n'était dû qu'à ses relations. Jusqu'à présent, d'ailleurs, il s'était fort convenablement acquitté de ses fonctions de secrétaire de George Lomax. Il faisait les courses, répondait aux appels téléphoniques, recevait ou interviewait les gens peu importants que Lomax ne désirait pas voir lui-même. Quand son patron était absent, Bill s'étendait dans un grand fauteuil près de la fenêtre et lisait une revue sportive. Il ne faisait là d'ailleurs que continuer fidèlement les plus antiques traditions ministérielles.

Cette fois, Lomax avait envoyé Bill aux bureaux de la compagnie de navigation Castle pour se renseigner sur l'arrivée du *Granarth Castle*. Bill, comme beaucoup de jeunes Anglais, mâchait si élégamment les mots qu'on pouvait à peine les comprendre, surtout quand on n'y était pas habitué. Lorsqu'il demanda la date d'arrivée du *Granarth Castle*, l'employé, trompé par sa prononciation confuse, crut qu'il s'agissait du *Carnfrae Castle*, qui devait arriver le jeudi. Bill remercia et sortit. George Lomax reçut le renseignement et dressa là-dessus son plan de bataille. Il aurait donc été extrê-mement étonné s'il avait su qu'au moment où il assail-lait lord Caterham en lui annonçant que James McGrath arriverait le lendemain, ce dernier avait débarqué la veille.

Le même jour, à deux heures de l'après-midi, Antho-ny Cade, voyageant sous le nom de Jimmy McGrath, descendit du train à la gare de Waterloo, héla un taxi et, après quelques instants d'hésitation, se fit conduire au *Ritz*.

« Il vaut mieux avoir ses aises, puisque les éditeurs paieront », se dit Anthony en regardant avec intérêt les rues animées à travers la vitre du taxi.

Il y avait exactement quatorze ans qu'il n'était pas venu à Londres.

Après avoir pris une chambre, il alla faire un petit tour en ville. Londres avait changé. Il ne retrouvait plus le petit restaurant où il avait jadis mangé, bu et discuté si souvent avec d'autres jeunes socialistes portant des cravates rouges. Jeunesse, socialisme, que c'était donc loin tout cela !

Au moment où il traversait la rue pour regagner son hôtel, un ouvrier trapu, épais, d'apparence étrangère, le poussa si fort qu'il faillit le renverser. Il murmura quelques mots d'excuses, fixant Anthony d'un regard perçant, puis disparut.

Anthony monta chez lui, se demandant pourquoi l'inconnu l'avait dévisagé ainsi. Son visage fortement hâlé détonnait-il parmi les pâles citadins ? Anthony se regarda longuement dans la glace. Ses anciens amis le reconnaîtraient-ils ? Quand il avait quitté Londres, jadis, il n'avait que dix-huit ans et n'était qu'un gamin au visage encore arrondi, à la peau blanche, au regard enthousiaste. Personne ne reconnaîtrait cet enfant en l'homme mince et vigoureux, au visage bronzé et à l'expression railleuse.

La sonnerie du téléphone retentit, et Anthony décrocha le récepteur.

— Allô !

C'était le bureau de l'hôtel.

— Mr James McGrath ?

— Lui-même.

— Un monsieur désire vous voir.

— Me voir, moi ?

Anthony en fut très étonné. Quel pouvait être ce visiteur ?

— Oui, sir. Un monsieur étranger.

— Comment s'appelle-t-il ?

Il y eut une pause. Puis :

— Je vous ferai monter sa carte, sir, dit l'employé.

Anthony comprit le pourquoi de la pause quand le chasseur lui remit la carte sur laquelle était gravé ce nom :

BARON LOPRETJZYL

Après avoir réfléchi quelques secondes, il dit :

— Faites entrer ce monsieur.

— Bien, sir.

Quelques minutes après, le baron Lopretjzyl, un homme de haute taille avec une grande barbe noire et une calvitie majestueuse, entra dans la pièce d'un pas militaire.

— Mr McGrath ! dit-il en saluant.

Anthony lui offrit une chaise.

— Je crois, monsieur, que je n'ai pas eu le plaisir de vous rencontrer jusqu'ici ?

— Je le regrette, dit poliment le baron en s'asseyant.

— Moi aussi, répliqua Anthony sur le même ton.

— Maintenant, déclara le baron, parlons affaires. Je suis le représentant du parti monarchiste de Herzoslovaquie à Londres.

— Il n'en saurait trouver de plus digne, murmura Anthony.

Le baron s'inclina.

— Vous êtes trop aimable ! Mr McGrath, je ne veux rien vous cacher. La Herzoslovaquie est actuellement à un tournant historique. L'heure a sonné de la restauration royaliste ! Le peuple expiera le martyre sanglant de Sa Majesté le roi Stanislas IV, de glorieuse mémoire.

— *Amen,* murmura Anthony. Ou plutôt : Hip ! Hip ! Hourrah !

— Son Altesse le prince Michel, qui est soutenu par le gouverneur britannique, montera sur le trône herzoslovaque.

— Très intéressant, dit Anthony. Je vous remercie de m'en faire part.

— Tout est organisé d'avance... et voilà que vous venez faire une révolution !

— Moi ? s'exclama Anthony. Mais baron...

Le baron le transperça d'un regard accusateur.

— Oui, monsieur, vous ! Et vous savez parfaitement de quoi il s'agit. Vous avez sur vous les Mémoires de feu le comte Stylpitch.

— Quel rapport entre ces Mémoires et le prince Michel ?

— Il y aura des révélations scandaleuses.

— Il y en a toujours, et ça n'empêche pas les gouvernants de continuer.

— Mais ici, monsieur, la situation est différente. Si l'opinion publique se tourne contre les Obolovitch, le gouvernement démocratique de Sa Majesté refusera son soutien au prince Michel.

— Il est possible, dit Anthony, que les Obolovitch, de temps en temps, aient poignardé leurs adversaires. Que voulez-vous, ils ont ça dans le sang! Mais les Européens n'attendent pas autre chose des Balkaniques. Ça ne les inquiétera pas.

— Vous ne comprenez pas l'importance de l'affaire, jeune homme, déclara le baron. Et mes lèvres, hélas! sont scellées.

— Mais que craignez-vous au juste?

Le baron soupira.

— Je vous le dirais si je pouvais lire ces Mémoires! Mais je suis certain qu'ils contiennent des indiscrétions. Ces grands diplomates sont terriblement bavards.

— Je pense, baron, que vous êtes trop pessimiste. Je connais les éditeurs : il se passera des mois et des mois, un an peut-être, avant la publication de ce gros manuscrit!

— Vous êtes bien naïf ou bien hypocrite, jeune homme! Ne savez-vous pas que dès la remise du manuscrit les Mémoires commenceront à paraître dans un grand quotidien?

— Oh! fit Anthony, un peu troublé.

Mais, immédiatement, il ajouta :

— S'il y a des choses désagréables, vous pourrez les nier?

Le baron secoua la tête.

— Non, non, n'essayez pas de me détourner de mon strict devoir. Parlons affaires! C'est bien mille livres que vous devez toucher? Vous voyez que je suis bien informé.

— Mes félicitations au service secret du parti monarchiste !

— Je vous en offre quinze cents.

Anthony le regarda, bouche bée. Puis, hochant mélancoliquement la tête :

— Je regrette, mais je ne puis accepter.

— Je vous en offre deux mille.

— Vous me tentez, baron, vous me tentez. Mais je n'accepte pas.

— Dites vous-même votre prix.

— Je crains que vous ne me compreniez pas tout à fait. Je suis prêt à croire que votre parti a raison et que les Mémoires ont tort et peuvent nuire à votre cause. Néanmoins, j'ai entrepris cette tâche et je dois la conduire jusqu'au bout. Je ne me laisserai pas soudoyer par le parti adverse, quelle que soit la somme qu'on me propose. Compris ?

Le baron avait écouté très attentivement. A la fin du petit discours d'Anthony, il hocha la tête.

— Compris. Il y va de votre honneur de gentleman anglais.

— Je ne me serais pas exprimé aussi pompeusement, murmura Anthony, mais je crois qu'au fond c'est bien cela.

Le baron se leva.

— J'ai la plus haute estime, annonça-t-il, pour l'honneur britannique et ses courageux représentants. Nous devons donc recourir à d'autres moyens. Monsieur, je vous souhaite le bonjour.

Le baron salua militairement, tourna les talons et sortit de la chambre, droit comme une canne.

« Était-ce une menace ? se demanda Anthony. Ce brave vieux baron ne me fait pas peur ! »

Que ferait-il maintenant ? Il restait encore une

semaine jusqu'à la date de la remise du manuscrit. On était le 5 octobre. Anthony n'avait nullement l'intention de le remettre aux éditeurs avant le dernier instant. A vrai dire, il brûlait de lire lui-même ces fameux Mémoires. Il eût voulu le faire à bord du paquebot, mais, inopinément terrassé par la fièvre, il avait été incapable de déchiffrer les pattes de mouche du comte Stylpitch, car le manuscrit n'était pas dactylographié. A présent plus que jamais il voulait par lui-même se rendre compte de l'affaire.

En attendant, il fallait penser à son autre tâche.

Saisissant l'annuaire, il regarda, à la lettre « R », le nom « Ravel ». Il y avait six Revel à Londres. Et peut-être la mystérieuse épistolière n'habitait-elle même pas la capitale! Anthony, avec un sourire, referma l'anuaire.

— Bah! fit-il, la chance me viendra en aide!

Si les hommes de ce genre ont toujours de la chance, c'est peut-être parce qu'ils y croient fermement eux-mêmes. Une demi-heure après, dans le hall de l'hôtel, en tournant les pages d'une revue illustrée, Anthony tomba sur la photographie des tableaux vivants qui avaient été présentés à un bal chez la duchesse de Perth. Sous la figure centrale, une femme en costume oriental, on lisait :

Mrs Timothy Revel,
née Virginie Cawthron, fille de lord Edgbaston, dans le rôle de Cléopâtre.

Anthony contempla longuement la photographie, puis se remit à siffloter doucement. Finalement, il arracha la page et la mit dans sa poche. Ensuite, il remonta chez lui, tira le paquet de lettres et glissa la feuille arrachée sous la ficelle.

Tout à coup, se sentant observé, il se retourna brusquement. Un homme d'apparence sinistre, avec un crâne aplati et une bouche grinçante, se tenait sur le seuil.

— Que diable faites-vous là? demanda Anthony. Et qui vous a fait entrer ici?

— J'entre où je veux, délara l'inconnu d'une voix gutturale, avec un fort accent étranger.

— Sortez! ordonna impérieusement Anthony.

— Je sortirai quand j'aurai trouvé ce qu'il me faut.

— Et que vous faut-il?

— Les Mémoires du comte Stylpitch, siffla l'autre.

Anthony haussa les épaules.

— Impossible de vous prendre au sérieux! Un vrai bandit d'Opéra-Comique! Est-ce le baron qui vous a envoyé?

— Le baron Lopretjzyl? Maudit soit-il!

L'homme cracha véhémentement par terre, et jeta sur la table une feuille de papier.

— Vois! chuchota-t-il. Vois et tremble, maudit Anglais!

Anthony examina avec intérêt, bien que sans trembler, le papier sur lequel était tracé au crayon rouge le contour d'une main.

— C'est le signe des camarades de la Main Rouge!

— Tiens! vous êtes un camarade de la Main Rouge? Et tous les autres vous ressemblent? Charmante perspective!

L'homme poussa un grognement furieux.

— Chien! siffla-t-il. Pire que chien! Esclave du régime capitaliste! Donne-moi les Mémoires, et je te ferai la grâce de te laisser ta peau.

— Vous êtes bien gentil, dit Anthony, mais vous ne savez peut-être pas que je suis chargé de remettre le manuscrit à une certaine maison d'édition, et non pas aux camarades de la Main Rouge.

— Tu crois vraiment qu'on te permettra d'entrer vivant dans les bureaux de cette maison ? Assez parlé ! Les papiers, ou je tire !

Mais il n'avait pas compté avec la rapidité d'action d'un Anthony Cade. Avant même que l'inconnu eût pu tirer le revolver de sa poche, Anthony, d'un coup bien asséné, l'envoya rouler à terre, puis, du pied, le rejeta dans le corridor.

Se relevant péniblement, son adversaire fit quelques pas vers l'escalier. Anthony fit mine de le rejoindre, mais le camarade de la Main Rouge en avait assez : rassemblant ses forces, il s'élança dans l'escalier. Renonçant à le poursuivre, Anthony regagna sa chambre.

— Pittoresque, mais imprévoyant, murmura-t-il. Comment diable est-il entré chez moi ? Le travail ne sera pas aussi facile que je l'imaginais ! J'ai reçu la visite des monarchistes et des révolutionnaires. Maintenant, je suppose, on va m'envoyer une délégation des libéraux de gauche et des radicaux indépendants. Quoi qu'il en soit, je me mets immédiatement à la lecture !

Anthony sonna pour se faire apporter le dîner, n'ayant nulle envie qu'on fouillât ses malles pendant que lui-même dînerait au grill-room. Il se fit apporter le menu, commanda deux plats et une bouteille de chambertin, et, dans l'attente du dîner, tira le manuscrit de la valise et le mit sur la table à côté des lettres. Quand le domestique entra, portant le plateau, Anthony se tenait devant la cheminée, en face de la glace, tournant le dos à la table. Jetant un regard négligent dans la glace, il put à peine retenir une exclamation.

Les yeux du domestique étaient rivés sur le manuscrit. Lançant des regards en coulisse du côté d'Anthony, il s'en approchait lentement, passant de temps en temps sa langue sur ses lèvres desséchées. C'était un grand garçon, souple comme tous les serveurs, avec une figure rasée et expressive.

Au moment critique, Anthony se retourna brusquement. Le domestique tressaillit, mais fit mine de s'occuper du couvert.

— Comment vous appelez-vous ? demanda Anthony.

— Giuseppe, sir.

— Italien ?

— Oui, sir.

Anthony lui adressa quelques paroles en italien, et l'autre lui répondit couramment. Finalement, il le congédia d'un signe de tête, mais tout en mangeant l'excellent repas servi par Giuseppe, il ne cessa de réfléchir.

Son imagination surexcitée lui jouait-elle des tours, ou le domestique était-il vraiment, lui aussi, à l'affût de ce maudit manuscrit ?

Après dîner, il s'enferma à double tour et se mit à parcourir les Mémoires. L'écriture illisible du comte rendait la tâche difficile. Les bâillements d'Anthony se succédaient avec une rapidité et une fréquence extraordinaires. A la fin du quatrième chapitre, il renonça.

Jusqu'à présent, il avait trouvé les fameux Mémoires indiciblement ennuyeux, sans la moindre trace de scandale.

Il remit dans la valise le paquet de lettres, ainsi que le dossier dans lequel s'était trouvé le manuscrit, et la ferma à clef. Puis il vérifia la serrure de la porte, plaça devant la porte une chaise, et sur celle-ci un broc rempli d'eau.

Une fois dans son lit, il s'attaqua de nouveau aux Mémoires du comte Stylpitch; mais ses yeux se fermaient d'eux-mêmes, et sentant le sommeil le gagner, il glissa sous son oreiller le manuscrit aussi ennuyeux que fatal, éteignit l'électricité et s'endormit presque aussitôt.

Quelques heures plus tard, il se réveilla en sursaut. Était-ce un bruit quelconque qui l'avait réveillé, ou simplement la conscience du danger si développée chez les hommes qui ont mené une vie aventureuse?

Pendant quelques instants, il resta immobile, tâchant de se rendre compte de la situation. Il entendait un très léger craquement, et finalement se rendit compte qu'entre lui et la fenêtre, sur le plancher, auprès de la valise, il y avait une forme humaine.

D'un seul bond, Anthony sauta à bas du lit et tourna le commutateur. Une silhouette agenouillée près de la valise se releva précipitamment. C'était Giuseppe, le laquais. Un couteau brillait dans sa main droite. Il se rua sur Anthony, qui n'avait même pas de revolver. Les deux hommes roulèrent par terre, dans un violent corps à corps. Anthony rassemblait toutes ses forces pour retenir dans une étreinte de fer le bras droit de Giuseppe, l'empêchant de se servir de son couteau. La main de l'Italien le saisit à la gorge, l'étranglant, ne respirant plus, Anthony continuait à lui tordre lentement le bras.

Avec un bruit métallique, le couteau, s'échappant de la main involontairement desserrée, tomba sur le parquet. Au même instant, l'Italien lâcha son adversaire et se libérant adroitement de son étreinte, se remit debout. Anthony se releva en un clin d'œil, mais commit l'erreur de faire quelques pas vers la porte pour lui couper la retraite. Il s'aperçut trop tard que la chaise et le broc étaient toujours à leur place.

Giuseppe était entré par la fenêtre; il sortit par la même voie. Profitant du moment de répit causé par l'erreur tactique d'Anthony, il enjamba la croisée, atteignit le balcon voisin et disparut.

Anthony comprit qu'il serait inutile de le poursuivre. Il se contenta donc de refermer la fenêtre — avec plus de précautions, cette fois-ci — et s'approcha de nouveau de son lit. Heureusement qu'il avait mis les Mémoires sous l'oreiller et non pas dans la valise! Mieux valait n'y plus rien laisser. Il se pencha sur elle pour en tirer les lettres, et poussa involontairement un juron.

Les lettres n'y étaient plus.

CHAPITRE VI

L'ART DU CHANTAGE

Il était quatre heures moins cinq quand Virginie Revel, qu'une saine curiosité rendait exacte, retourna dans sa maison de Pont Street. Elle ouvrit la porte avec se clef, et fut accueillie dans le vestibule par l'impassible Chilvers.

— Pardon, Madame, mais il y a un... un monsieur... non... un homme qui désire voir Madame.

Sans faire attention, pour l'instant, à la distinction subtile de Chilvers, Virginie s'exclama :

— Mr Lomax ? Déjà ? Dans le salon ?

Le ton de Chilvers était nuancé de reproche.

— Ce n'est pas un monsieur. C'est un homme que je n'aurais pas voulu laisser entrer, mais qui m'a dit que son affaire était très importante... qu'elle avait trait, si j'ai bien compris, à feu Mr Revel. J'ai donc pensé que Madame voudrait quand même le voir, et je l'ai introduit... hum... dans le studio.

Virginie réfléchit quelques instants. Elle était veuve depuis plusieurs années déjà, et le fait qu'elle parlait très rarement de son défunt époux semblait indiquer, pour certains, que la blessure, sous des dehors insouciants, saignait toujours, et, pour d'autres, que Virginie, en réalité, n'avait jamais aimé Tim Revel et ne tenait pas à afficher une douleur hypocrite.

— Cet homme, Madame, ajouta Chilvers, est un étranger.

L'intérêt de Virginie s'accrut. Son mari avait été chargé d'affaires à la légation de Herzoslovaquie peu avant la révolution et l'assassinat du roi et de la reine. Cet homme était peut-être un Herzoslovaque, un ancien domestique en chômage à Londres.

— Vous avez bien fait, Chilvers! Où l'avez-vous introduit, dites-vous? Dans le studio?

Elle s'avança vivement de son pas ailé, et ouvrit la porte de la pièce contiguë à la salle à manger.

Le visiteur était assis dans un fauteuil devant la cheminée. A son entrée, il se leva et la regarda. Virginie avait la mémoire des visages, et elle était sûre de ne jamais l'avoir vu. Il était grand, brun, souple, du type espagnol ou italien, mais en tout cas pas slave. Ce n'était pas un Herzoslovaque!

— Vous voulez me parler? dit-elle. Je suis Mrs Revel.

L'homme ne répondit pas tout de suite, mais l'observa d'abord avec une insolence voilée qu'elle sentit tout de suite.

— Vous avez bien fait de me recevoir, Mrs Revel. Autrement, comme je l'ai dit à votre domestique, j'aurais été obligé de parler à votre mari.

Virginie le regarda, étonnée, mais, instinctivement, retint la réponse qui lui montait aux lèvres. Elle se contenta de répondre froidement :

— C'eût été plus difficile que vous le croyez.

— Je ne crois pas. Je suis très obstiné. Mais parlons affaires. Reconnaissez-vous cela?

53

Il lui tendit un papier qu'elle considéra sans grand intérêt.

— Pouvez-vous me dire ce que c'est, madame?

— Une lettre, je crois, répondit Virginie, qui commençait à croire qu'elle avait affaire à un demi-fou.

— Adressée à qui, madame? dit-il d'un ton significatif, en approchant l'enveloppe de ses yeux. Le voyez-vous?

— Je sais lire, répondit gaiement Virginie, et je vois par conséquent qu'elle est adressée au capitaine O'Neil, 15, rue de Quenelles, à Paris.

L'homme sembla chercher avidement dans son regard quelque chose qui ne s'y trouvait pas, puis :

— Veuillez la lire!

Virginie tira un feuillet plié de l'enveloppe et se mit à le parcourir; mais dès les premières lignes elle se raidit et tendit la lettre à son étrange interlocuteur.

— C'est une lettre privée : je n'aurai pas l'indiscrétion de la lire!

L'homme éclata de rire.

— Vous êtes une actrice consommée, Mrs Revel! Toutes mes félicitations! Néanmoins, je ne crois pas que vous irez jusqu'à nier la signature?

— La signature?

Virginie tourna le feuillet... et resta stupéfaite. La lettre était signée : Virginie Revel. Étouffant une exclamation indignée, elle revint au début de la lettre et, cette fois, la lut attentivement du commencement à la fin. Son contenu, évidemment, rendait toute l'affaire très compréhensible.

— Eh bien, madame? dit l'homme. C'est votre nom, n'est-ce pas?

— En effet, dit Virginie. C'est mon nom.

« Mais, aurait-elle pu ajouter, c'est une très mauvaise imitation de mon écriture! »

Toutefois, elle ne l'ajouta pas, et se tourna avec un sourire amusé vers son interlocuteur.

— Asseyez-vous, dit-elle aimablement, et causons de tout cela !

Étonné et inquiet, il obéit, Mais ce n'est pas ce ton-là qu'il attendait d'elle. Son instinct lui disait qu'elle n'avait pas peur.

— Avant tout, je voudrais savoir comment vous avez réussi à me trouver ?

— C'est facile.

Il tira de sa poche une page arrachée à une revue illustrée, et la lui tendit. Anthony Cade l'aurait reconnue.

Elle la lui rendit avec une petite grimace.

— C'était facile, en effet !

— Vous vous rendez compte, Mrs Revel, que ce n'est pas la seule lettre. Il y en a d'autres.

— J'ai donc été aussi indiscrète que cela ? fit Virginie. Quelle imprudence !

Elle s'aperçut que son ton léger l'intriguait et le troublait. Cette fois, elle s'amusait réellement.

— En tout cas, dit-elle avec un sourire charmant, vous êtes bien gentil de me les rendre.

Il y eut un silence. L'homme toussa.

— Je suis pauvre, madame, dit-il finalement, sur un ton significatif.

— C'est ce qui vous permettra — du moins me l'a-t-on toujours dit — d'entrer dans le royaume des cieux.

— Je ne puis vous rendre ces lettres sans rien obtenir en échange.

— Ne croyez-vous pas que ces lettres appartiennent à la personne qui les a écrites ?

— C'est la loi, madame — mais seriez-vous prête vous-même à recourir à la justice ?

— Elle est sévère pour les maîtres chanteurs, lui rappela obligeamment Virginie.

— Voyons, Mrs Revel, je ne suis pas un enfant qu'on peut intimider. J'ai lu ces lettres — ce sont celles d'une femme qui aime et qui craint terriblement d'être démasquée par son époux légitime. Voulez-vous que je les montre à votre mari ?

— Et si — car il y a quelques années, je crois, que ces lettres ont été écrites — mon mari était mort ?

— Dans ce cas, si vous n'aviez rien à craindre, pourquoi me parleriez-vous en ce moment ?

Virginie sourit.

— Quel est votre prix ? demanda-t-elle, en adoptant l'attitude d'une femme d'affaires.

— Mille livres. Pour mille livres, je vous rendrai tout le paquet. C'est peu de chose, mais que voulez-vous, j'ai pitié de vous !

— Il ne me viendra même pas à l'idée de vous payer mille livres ! déclara catégoriquement Virginie.

— Madame, je ne marchande jamais. Mille livres, et vous aurez vos lettres.

Virginie réfléchit.

— Laissez-moi réfléchir. Ce ne sera pas facile pour moi de rassembler une telle somme.

— Donnez-moi en attendant un petit acompte — mettons cinquante livres — et je reviendrai dans quelques jours.

Virginie jeta un regard sur l'horloge. Il était quatre heures cinq, et elle croyait avoir entendu un coup de sonnette.

— Bon, dit-elle. Revenez demain, un peu plus tard, vers six heures.

Elle s'approcha d'un petit bureau et prit dans un tiroir une liasse de billets de banque.

— Il y a là près de quarante livres. Pour le moment, ça vous suffira.

Il s'en saisit avidement.

— Et maintenant, partez, s'il vous plaît.

L'homme obéit sans rechigner. Par la porte ouverte, Virginie aperçut George Lomax, que Chilvers introduisait.

— Entrez, George! Chilvers, servez-nous le thé ici, s'il vous plaît!

Elle ouvrit les deux fenêtres toutes grandes, et, les cheveux au vent, le regard rieur, déclara à Lomax :

— Je vais les fermer dans un instant, George, mais je sentais la nécessité d'aérer! Avez-vous vu sortir le maître chanteur?

— Le quoi?

— Le maître chanteur, George. *Maître chanteur*. Celui qui fait chanter.

— Vous plaisantez, Virginie!

— Pas du tout!

— Mais qui voulait-il faire chanter?

— Moi, tout simplement!

— Qu'avez-vous donc fait, pour l'amour de Dieu?

— Rien du tout, mon cher! Le brave homme m'a prise pour quelqu'un d'autre.

— Vous avez téléphoné à la police, j'espère?

— Aurais-je dû le faire?

George réfléchit.

— Non, dit-il, vous avez eu raison de vous en abstenir. Vous auriez été mêlée à une affaire désagréable, vous auriez peut-être dû servir de témoin...

— Tiens! s'exclama Virginie, j'aurais trouvé cela très amusant! Prendre part à un vrai procès! L'autre jour, j'étais au commissariat au sujet de ma broche en diamants que j'ai égarée, et j'ai trouvé que l'inspecteur de police était charmant!

Dédaignant ces puérilités, George questionna :

— Mais qu'avez-vous donc fait de ce coquin ?

— George, ne me grondez pas : je l'ai laissé faire.

— Quoi ?

— Je lui ai permis de me faire chanter.

La physionomie de George était si expressive que Virgnie se mordit les lèvres pour ne pas éclater de rire.

— Vous voulez dire — j'espère, toutefois, que je n'ai pas bien compris — que vous ne lui avez pas signifié que c'était une erreur ?

Virginie secoua la tête en lui jetant un regard en coulisse.

— Mais, ma pauvre enfant, vous êtes folle !

— Peut-être. Mais ça m'amuse.

— Au nom du ciel, pourquoi ?

— D'abord, parce qu'il faisait si bien son métier de maître chanteur, en artiste consommé, que c'eût été dommage de l'interrompre et de le décevoir. Deuxiè-mement, parce qu'on ne m'a jamais fait chanter jusqu'à présent...

— Je l'espère bien !

— Et que cette sensation est neuve pour moi. Ça m'excite !

— Je ne vous comprends pas, Virginie !

— Je me doutais bien que vous ne comprendriez pas.

— J'espère au moins que vous ne lui avez pas donné d'argent ?

— Rien qu'une bagatelle, dit Virginie sur un ton d'excuse.

— Combien ?

— Quarante livres.

— Virginie!

— Mon cher George, ce n'est que le prix d'une robe du soir. Une nouvelle expérience vaut bien une robe neuve!

George Lomax ne fit que secouer la tête, et Chilvers, qui apparut avec le plateau et la théière, sauva la situation en empêchant le gentleman de donner libre cours à sa juste indignation. Quand Chilvers disparut, Virginie, en versant le thé dans les tasses, reprit la conversation :

— J'avais une autre raison, George, plus justifiée. J'ai voulu rendre service à une autre femme. Si j'avais déclaré que ce n'est pas moi, cet homme aurait cherché une autre Virginie Revel et l'aurait trouvée. Pauvre petite, elle avait une peur bleue de son mari en écrivant ces lettres. Le maître chanteur aurait trouvé en elle la proie rêvée. Moi, par contre, je me jouerai de lui, et, grâce à mon passé sans tache, je finirai par l'écraser.

— Cette affaire me déplaît, persista George.

— Eh bien, mon cousin, n'en parlons plus. Vous n'êtes pas venu ici pour parler de maîtres chanteurs. Au fond, pourquoi êtes-vous venu? « Pour vous voir! » vous exclamerez-vous, la main sur le cœur.

— Oui, dit gravement George, je suis venu pour vous voir. Et je suis heureux de vous trouver seule.

— Oh! George!

— J'ai une grâce à vous demander. Je vous ai toujours considérée, Virginie, comme une femme ayant un charme extraordinaire.

— Georges, vous me comblez!

— Et aussi comme une femme d'esprit!

— Décidément, cet homme me connaît!

— Ma chère Virginie, demain arrive en Angleterre un jeune Canadien du nom de McGrath, qui n'a probablement pas l'usage du monde et en particulier de la haute société anglaise. Je voudrais que vous lui fassiez apprécier le charme et la distinction d'une véritable lady.

— C'est moi la véritable lady?

— Précisément.

— Pourquoi?

— Pardon, vous dites?

— Je dis : pourquoi voulez-vous me faire séduire ce brave jeune homme? D'abord, je ne séduis pas par profession, vous savez! Et ensuite, je suis sûre que ce n'est pas par pur patriotisme que vous voulez faire apprécier à un Canadien le charme de la femme anglaise! En un mot, je ne puis m'engager à le séduire sans savoir d'abord le pourquoi de l'affaire.

— Ma chère Virginie, le secret diplomatique...

— Allons, George! Descellez vos lèvres!

— Écoutez-moi, mon enfant : l'Angleterre, actuellement, a certains intérêts en Herzoslovaquie, et il importe que ce Mr McGrath se rende compte que la restauration de la monarchie herzoslovaque est nécessaire à la paix de l'Europe.

— La paix de l'Europe n'a rien à voir là-dedans, dit tranquillement Virginie, mais je suis d'accord pour la monarchie; un peuple aussi pittoresque que les Herzoslovaques a besoin d'un roi! Et quel roi, cher ami, lui proposerez-vous?

Un peu ennuyé de voir Virginie prendre les choses à la légère, George, après quelque hésitation, répondit :

— Le prince Michel Obolovitch. Mais gardez-le pour vous!

— Les journaux, en tout cas, ne le gardent pas pour eux! Je lis tous les jours des articles sur la dynastie des Obolovitch, représentant feu Nicolas IV comme un saint et un martyr, au lieu d'un pauvre homme médiocre, enjôlé par une petite actrice de troisième ordre.

George frissonna, Virginie était terrible avec sa franchise! Décidément, il avait commis une erreur en s'adressant à elle! Il lui fallait une femme moins indépendante et moins clairvoyante. Il se leva.

— Vous avez raison, ma chère Virginie, dit-il. Je n'aurais pas dû vous faire cette proposition. Mais nous voudrions que nos colonies soient d'accord avec nous en ce qui concerne la question herzoslovaque, et McGrath est un journaliste qui a beaucoup d'influence là-bas. Comme vous connaissez bien la question, j'ai cru que vous pourriez l'influencer favorablement. Mais n'en parlons pas. Cet homme ne vous plairait pas.

— George, vous mentez très mal pour un diplomate. Si vous continuez à me cacher le mystère de Mr Mc Grath, je l'apprendrai peut-être à Chimneys.

— Vous allez à Chimneys?

— Parfaitement. Chiffonnette m'a téléphoné ce matin pour m'inviter pour le week-end.

George fit un dernier effort.

— N'y allez pas, ma chère. Ce sera trop ennuyeux pour vous. Rien d'intéressant ni de mondain.

Virginie éclata de rire.

— Ne vous en faites pas, mon brave George! Je ne crains pas de m'ennuyer! Je serai sûrement à Chimneys et je mettrai en œuvre tout mon charme pour séduire le jeune Canadien. Car il y sera, n'est-ce pas? La vie est tout à coup devenue amusante! D'abord un maître chanteur, puis un cousin haut placé pris dans des difficultés diplomatiques. Que confiera-t-il à sa belle cousine? Rien? Tant pis, elle l'apprendra quand même! Au revoir, George. Non, non, il ne faut pas m'en vouloir. Je vous jure que je servirai de toutes mes forces la monarchie herzoslovaque!

Dès que George fut parti, Virginie courut au téléphone et demanda lady Eileen Brent.

— C'est vous, Chiffonnette? Mon petit, je viendrai sûrement à Chimneys demain soir! Quoi? Ce sera ennuyeux? Pas autant que vous le croyez, mon petit! Sachez que si je ne viens pas, c'est qu'on m'aura retenue par la force des baïonnettes! A demain, chou!

CHAPITRE VII

Les lettres n'y étaient plus !

Navré de cette découverte, Anthony se rendit compte que Giuseppe avait dû prendre le paquet de lettres pour les Mémoires de Stylpitch et l'emporter. Après s'être aperçu de son erreur, il tenterait sûrement une deuxième fois de s'emparer du manuscrit. Il s'agissait de parer à cette éventualité.

Quant aux lettres, Anthony décida d'insérer dans les journaux une annonce discrète promettant une petite récompense en échange des lettres. Que Giuseppe fût un émissaire des camarades de la Main Rouge ou du parti monarchiste, les lettres n'avaient pas d'intérêt pour lui et il serait heureux de gagner une petite somme en les rendant.

Le lendemain matin, Anthony demanda et obtint une interview avec le gérant du *Ritz,* un Français très courtois qui le reçut dans son bureau privé.

— Vous désirez me parler, Mr McGrath ?

— Parfaitement. Je suis descendu hier soir dans votre hôtel et j'ai été servi le soir dans ma chambre par un domestique nommé Giuseppe.

— Ah ! oui ? dit le gérant avec indifférence.

— La curiosité un peu excessive de cet homme me

frappa, mais je n'y prêtai pas grande attention. Plus tard, dans la nuit, je fus éveillé par un léger bruit; j'allumai, et je vis ce même Giuseppe en train de fouiller ma valise.

L'indifférence du gérant s'était évanouie.

— Mais pourquoi ne me l'avez-vous pas fait savoir tout de suite? s'exclama-t-il.

— Cet homme était armé d'un couteau; nous avons eu un combat; finalement, il a réussi à s'échapper par la fenêtre.

— A-t-il emporté quelque chose, Mr McGrath?

— Une seule chose, et n'ayant pas de valeur commerciale.

— Dieu merci! Mais pourquoi, Mr McGrath, n'avez-vous pas poursuivi le voleur, réveillé tout le monde, mis l'hôtel sur pied?

Anthony haussa les épaules.

— En effet, du point de vue strictement judiciaire, il aurait fallu appeler la police...

— La police! répéta sans enthousiasme le gérant. La police dans un grand hôtel comme le nôtre, ça fait tout de suite des histoires dans la presse!

— D'autant plus, compléta Anthony, que moi aussi je préfère garder cette affaire pour nous, étant donné que le voleur a emporté un objet n'ayant pas de valeur commerciale, mais en ayant une pour moi : des lettres.

Avec cette expression de discrétion surhumaine que seuls savent assumer les Français, quand il s'agit de lettres de femmes, le gérant murmura :

— Je comprends, monsieur. Ce n'est naturellement pas une affaire pour la police.

— Nous sommes d'accord. Mais vous comprendrez que j'aie l'intention de reconquérir ces lettres. Nous autres, dans les colonies, sommes habitués à faire les choses nous-mêmes. Mais il faut que vous me disiez tout ce que vous savez sur ce domestique Giuseppe.

— Vous avez raison, Mr McGrath. Veuillez revenir dans une demi-heure et je vous donnerai toutes les informations possibles.

Trente minutes plus tard, le gérant tendait à Anthony une feuille de papier avec la liste des restaurants et hôtels où Giuseppe Manelli avait servi. Il était employé au *Ritz* depuis trois mois (en Angleterre depuis cinq ans) et s'était avéré comme un domestique habile et expérimenté. Ses références étaient bonnes. Une seule chose frappa Anthony : à deux hôtels où Giuseppe avait servi, il y avait eu des vols. Nul n'avait songé à l'en accuser, mais le fait parut significatif à Anthony. Toutefois, il ne croyait pas qu'il s'agissait d'un vol vulgaire, et que Giuseppe avait emporté les lettres par hasard. Le regard qu'il avait jeté la veille sur le manuscrit était trop expressif. Il avait dû être employé par un parti herzoslovaque. Peut-être, grâce aux renseignements du gérant, réussirait-il à trouver la trace du voleur. Il mit la feuille dans sa poche et se leva.

— Je vous remercie. Inutile de demander si Giuseppe est encore à l'hôtel.

Le gérant sourit.

— Son lit est intact, et tous ses effets sont restés là. Il doit avoir précipitamment quitté l'hôtel après l'attaque manquée. Je ne crois guère que vous puissiez le retrouver.

— Moi, j'y crois. J'ai toujours foi en ma chance !

Après avoir questionné sans grand résultat les autres domestiques, et envoyé son annonce dans les journaux, Anthony se prépara à sortir pour déjeuner dans le restaurant où Giuseppe avait servi auparavant. A cet instant, on l'appela au téléphone.

— Mr McGrath ? Ici, Messrs Balderson et Hodgkins. Un instant, je vais vous passer Mr Balderson.

« Nos dignes éditeurs s'éveillent ! » songea Anthony.

— Allô ! Mr McGrath ?

— Lui-même.

— Ici, Mr Balderson, de la maison Balderson et Hodgkins. Avez-vous le manuscrit, Mr McGrath ?

— La dernière date de la remise n'est pas encore arrivée, Mr Balderson.

— Je sais que vous arrivez d'Afrique, Mr McGrath. Vous ne comprenez donc pas la situation telle qu'elle se présente actuellement. Ce manuscrit a soulevé toute une tempête, Mr McGrath. J'en viens à souhaiter quelquefois que nous n'en ayons pas la responsabilité.

— A ce point-là ?

— Je vous assure que c'est ainsi ! De toute façon, je voudrais avoir ce manuscrit au plus tôt, pour en tirer plusieurs copies. De la sorte, même si l'original est détruit, il n'y aura plus de danger. Cela vous paraîtra peut-être exagéré, Mr McGrath mais sachez qu'on vous empêchera d'entrer dans nos bureaux. Il y a neuf chances sur dix que vous n'arriviez pas jusque chez nous.

— J'en doute, dit Anthony. Quand je veux arriver quelque part, j'y parviens d'ordinaire.

— Mais, cette fois, vous avez affaire à des adversaires dangereux. Je ne l'aurais pas cru moi-même il y a un mois. Mais je vous assure, Mr McGrath, qu'on a déjà tenté de nous soudoyer, de nous intimider à force de menaces, de nous supplier, de nous persuader... Je ne sais pas comment nous avons pu résister jusqu'ici. Je vous propose de ne pas même tenter d'apporter le manuscrit. Un homme de confiance viendra vous trouver à l'hôtel : remettez-lui le manuscrit.

— Et si on le lui vole ? demanda Anthony.

— C'est nous qui en serons responsables, pas vous. Vous l'aurez délivré à notre représentant contre un reçu en bonne et due forme. Le chèque de mille livres que nous devons vous remettre ne peut être délivré, d'après les instructions du défunt auteur, que mercredi prochain, mais si vous le désirez, je vous enverrai par le messager un chèque sur mon compte personnel.

Anthony réfléchit quelques instants.

— *All right,* dit-il avec un petit soupir. Envoyez-moi votre homme de confiance. Et remettez-lui le chèque, je vous prie, car je ne compte pas, dans ce cas, rester en Angleterre jusqu'à mercredi prochain.

— Certainement, Mr McGrath. Notre sieur Mr Holmes se présentera chez vous demain matin. Il vaut mieux ne pas l'envoyer directement du bureau. Il viendra de chez lui, avant de se rendre à son travail, et vous remettra un reçu. Entre-temps, je vous conseille de déposer un paquet truqué dans le coffre-fort du gérant, pour induire en erreur nos adversaires.

— Bon, je me conformerai à vos instructions.

Pensif, Anthony raccrocha le récepteur.

Ce jour-là, il ne réussit pas à apprendre quoi que ce soit sur Giuseppe, mais sa deuxième nuit à Londres se passa sans incidents.

Le lendemain à neuf heures, Mr Holmes, de la maison Balderson et Hodgkins, petit employé calme et bien élevé, lui remit, en échange du manuscrit, un reçu et un chèque de mille livres. Mr Holmes mit le manuscrit dans sa serviette, souhaita poliment le bonjour à Anthony et partit.

— Peut-être sera-t-il assassiné en route, murmura Anthony. Étrange, tout cela, plus qu'étrange...

L'accompagnant de quelques mots, il mit le chèque

sous une enveloppe et la cacheta soigneusement. La somme que lui avait avancée Jimmy à Bulawayo était encore à peu près intacte.

« Jusqu'à présent, se dit Anthony, j'ai été roulé. Mais ça ne continuera pas. Pensons à notre deuxième mission. Je crois que je ferai bien de jeter un coup d'œil sur la maison de dame Revel, bien entendu, sous un déguisement.»

Il fit ses malles, paya l'addition, fit appeler un taxi et se pencha pour lui donner l'adresse au moment même où un petit chasseur le rejoignit, essoufflé, en lui tendant une lettre.

— Elle vient d'arriver à l'instant, sir.

Anthony lui mit un shilling dans la main et ouvrit la lettre dans le taxi. Il dut la relire quatre fois avant de comprendre de quoi il s'agissait. Elle était rédigée dans ce style officiel cher à l'administration, et plein de tournures de phrases excessivement compliquées. Mr McGrath, qui, comme on le savait, arrivait le jour même d'Afrique, avec certain manuscrit à remettre à certaines personnes, était prié de n'en rien faire avant d'avoir eu un entretien confidentiel avec certains fonctionnaires dont l'anonymat dissimulait la haute importance. Mr McGrath était également prié de se rendre le vendredi soir pour le week-end à Chimneys, en qualité d'invité de lord Caterham.

Cette missive obscure et mystérieuse amusa beaucoup Anthony.

— Brave vieille Angleterre! murmura-t-il. En retard de deux jours, comme d'habitude! Dommage, j'aurais aimé aller à Chimneys! Tant pis. Maintenant que j'ai remis le manuscrit, je ne peux plus profiter de l'hospitalité de ces bonnes gens, ce serait les duper. Mais s'il y a une auberge non loin de Chimneys, je pourrai peut-être m'y installer en qualité d'Anthony Cade, et voir un peu ce qui se passe au château.

Faisant stopper le taxi devant un obscur petit hôtel, Anthony prit une chambre plus que modeste, se fit inscrire au registre sous le nom d'Anthony Cade, tira de sa poche une feuille de papier à lettre avec l'en-tête du *Bitz,* et traça vivement quelques lignes.

Il expliqua qu'il avait débarqué l'avant-veille, qu'il avait déjà remis le manuscrit à la maison d'éditions Balderson et Hodgkins, et qu'il se voyait obligé, à son regret, de décliner l'aimable invitation de lord Caterham, étant donné qu'il quittait l'Angleterre le jour même. Il signa : *James McGrath.*

— Et maintenant, dit Anthony en collant le timbre sur l'enveloppe, adieu Jimmy McGrath! A nous, Anthony Cade!

CHAPITRE VIII

UN CADAVRE

En revenant du tennis dans sa luxueuse limousine, Virginie Revel pensait avec un petit sourire singulier à l'homme qui viendrait la voir ce jour-là à six heures. Aujourd'hui, le maître chanteur ne trouverait pas une proie aussi facile qu'il était en droit de l'espérer!

Quand la voiture stoppa devant sa maison, elle s'adressa au chauffeur :

— Comment va votre femme, Walton? J'ai oublié de vous le demander avant.

— Un peu mieux, Madame, le médecin a dit qu'il viendrait à six heures et demie. Madame aura-t-elle encore besoin de moi, ce soir?

— Non, je pars pour le week-end. Je prends le train de 6 h 40 à la gare de Paddington — mais je pourrai prendre un taxi pour y aller. Je préfère que vous parliez personnellement au médecin. Et s'il croit qu'un week-end à la campagne ferait du bien à votre femme, réalisons cela à mes frais.

Avec un signe de tête au chauffeur qui se confondait en remerciements, Virginie monta vivement les marches, chercha sa clef dans son sac, vit qu'elle l'avait oubliée, et sonna.

Pendant qu'elle attendait, un jeune homme en vêtements usés, une liasse de journaux à la main, monta les marches et lui tendit une feuille portant en grandes lettres :

AU SECOURS DES CHOMEURS!
Revue hebdomadaire vendue par les chômeurs

— J'en ai déjà acheté un ce matin, déclara Virginie sur un ton d'excuse. Je vous en donne ma parole! Si encore il était bien écrit! Mais pourquoi les articles sont-ils si ennuyeux?

Le jeune homme rejeta la tête en arrière et éclata de rire. Virginie aussi. Jetant sur lui un regard négligent, elle constata que c'était le plus plaisant spécimen de l'espèce des chômeurs qu'elle eût vu jusqu'ici à Londres. Son visage bronzé, ses traits durs, son regard railleur lui plaisaient. Elle aurait voulu lui procurer du travail.

Mais à cet instant la porte s'ouvrit et Virginie oublia en un clin d'œil et le chômeur et le problème du chômage, car c'était Élise, sa femme de chambre, qui lui avait ouvert la porte.

— Où est Chilvers? demanda-t-elle, étonnée.

— Il est à Datchet, Madame, avec les autres comme vous l'avez ordonné par votre dépêche.

— Ma dépêche! Mais je n'ai envoyé aucune dépêche!

— Comment, Madame? Mais la voilà!

Élise tendit un télégramme adressé à Chilvers et portant :

Partez immédiatement avec personnel à mon cottage Datchet et préparez tout pour week-end. Prenez train 5 h 49.

C'était une dépêche comme elle en avait souvent

envoyé quand elle avait décidé sous le coup d'une impulsion subite d'organiser un week-end dans son cottage de campagne. Elle emmenait généralement tout son personnel, laissant une vieille femme de ménage pour garder la maison. Chilvers n'avait rien vu de suspect dans ce message et, en maître d'hôtel stylé, avait exécuté ses ordres.

— Moi, j'ai préféré rester, expliqua Élise, pour faire les malles de Madame.

— C'est une farce stupide que quelqu'un m'a jouée! s'exclama Virginie en jetant avec irritation la dépêche sur la table. Vous savez bien, Élise, que je suis invitée pour le week-end à Chimneys!

— Oui, Madame, mais j'ai pensé que Madame avait changé d'avis. Cela arrive quelquefois à Madame.

Avec un demi-sourire, Virginie admit cette vérité. Il lui arrivait, en effet, assez fréquemment de changer d'avis. Mais pourquoi lui avait-on joué ce tour? Et qui?

— Mon Dieu! s'exclama tout à coup Élise. Et si c'étaient des voleurs, Madame, des malfaiteurs? S'ils ont envoyé la dépêche pour que la maison reste vide et qu'ils puissent la piller?

— Ça se pourrait, dit Virginie, pensive.

— Sans doute, Madame! On lit ces choses-là tous les jours dans les journaux! Il faut que Madame téléphone à la police avant qu'ils soient venus vous assassiner!

— Calmez-vous, Élise. On ne viendra pas nous assassiner à six heures de l'après-midi.

— Madame, je vous en supplie, permettez-moi d'appeler un agent!

— En voilà une idée! Non, non, Élise. Allez d'abord faire mes malles pour le week-end. La robe du soir qu'on vient de m'envoyer de chez Premet, et celle d'après-midi en crêpe marocain blanc, et... celle en velours noir, n'est-ce pas ? Elle est si diplomatique !

— Madame est ravissante en satin vert Nil, déclara Élise, dont les instincts professionnels prenaient le dessus.

— Non, non, pas le satin. Dépêchez-vous, Élise, nous avons juste le temps ! Je vais envoyer une dépêche à Chilvers — une vraie — et je vais parler à l'agent du coin pour qu'il surveille la maison. Ne faites pas un visage aussi dramatique, Élise ! On ne vous égorge pas encore.

Virginie se dirigea vers le studio pour donner un coup de téléphone au commissariat. La main sur le récepteur, elle s'arrêta, stupéfaite. Il y avait un homme dans le fauteuil, devant la cheminée. La dépêche truquée lui avait fait oublier son visiteur, qui avait dû s'endormir en l'attendant. Un sourire malicieux au coin des lèvres, elle s'approcha de lui. Comme elle se penchait vers la silhouette curieusement recroquevillée, son sourire s'évanouit.

Cet homme n'était pas endormi. *Il était mort.*

Elle s'en rendit compte instinctivement, avant même d'avoir aperçu le petit revolver sur le plancher, le petit trou noir juste au-dessus du cœur, avec la tache sombre tout autour, et la mâchoire pendante, horrible à voir.

Elle demeura immobile, figée. Tout à coup, au milieu du silence, elle entendit la voix d'Élise qui descendait l'escalier :

— Madame ! Madame !

— Qu'y a-t-il ?

Elle sortit rapidement, refermant la porte derrière elle. Il fallait à tout prix cacher l'événement à Élise, qui aurait sûrement une crise de nerfs ; il lui fallait, au contraire, du calme et du silence pour méditer à tout cela.

— Madame, ne ferais-je pas mieux de verrouiller la porte? Ces malfaiteurs peuvent nous tomber dessus à n'importe quel moment!

— Bien, faites-le.

Elle entendit Élise pousser les verrous, puis remonter l'escalier, et poussa un soupir de soulagement.

Elle regarda l'homme dans le fauteuil, puis l'appareil téléphonique. Il fallait immédiatement téléphoner à la police.

Mais au lieu de le faire, elle continua à réfléchir; les idées les plus inattendues et les plus horribles s'enchevêtraient dans son cerveau. La dépêche truquée! Quel rapport avait-elle avec l'assassinat? Si Élise n'était pas restée de son propre gré, si la maison avait été vide, elle, Virginie, serait entrée à l'aide de sa clef — on ne prévoyait pas qu'elle l'oublierait — et elle se serait trouvée en présence d'un homme assassiné, un homme qui, la veille, l'avait fait chanter, lui avait extorqué quarante livres. Évidemment, elle pourrait s'expliquer. Mais... trouverait-on l'explication vraisemblable? George n'y avait rien compris, et tous les gens de bon sens seraient sûrement de son avis. Ces lettres — elle ne les avait jamais écrites, mais pourrait-elle le prouver?

Elle pressa ses mains contre son front. Qu'allait-elle faire?

Qui avait fait entrer cet homme? Élise? Sûrement pas! Elle le lui aurait immédiatement annoncé! Le mystère s'enchevêtrait de plus en plus. Téléphonerait-elle à George? Il lui fallait un homme pour l'aider et la diriger — un homme calme, énergique, lucide. Non, pas George! Il ne penserait qu'à une seule chose : sa carrière, et refuserait de se mêler à une affaire aussi obscure. Qui, alors? Soudain son visage s'éclaircit. Bill! Naturellement! Ce brave Bill!

Elle décrocha le récepteur et demanda Mr Eversleigh. On lui répondit qu'il venait de partir pour Chimneys.

— Malheur! s'écria Virginie en jetant le récepteur.

C'était affreux d'être enfermée dans une chambre avec un cadavre sans pouvoir en parler à qui que ce soit.

A cet instant, la sonnette retentit.

Virginie bondit. Élise était en haut et n'entendait sûrement pas. S'élançant dans le vestibule, elle tira les verrous poussés par Élise, et ouvrit la porte toute grande. Sur le seuil se trouvait le chômeur.

Virginie poussa un « ouf » de soulagement.

— Entrez, dit-elle. Vous arrivez à un moment opportun. J'aurais peut-être du travail pour vous.

Elle le fit entrer dans la salle à manger, lui offrit une chaise, s'assit en face de lui et le regarda très attentivement pendant quelques instants.

— Excusez-moi, dit-elle, mais... Êtes-vous... Je veux dire...

— J'ai fait mes études à Eton et Oxford, dit le jeune homme. C'est bien cela que vous vouliez me demander?

— A peu près, reconnut Virginie.

— Déclassé et déchu uniquement à cause de mon entière inaptitude pour tout travail systématique et régulier. J'espère que la besogne que vous allez me proposer n'est pas régulière?

Un sourire apparut au coin de ses lèvres.

— Tout à fait irrégulière, soyez sans crainte.

— Parfait, dit le jeune homme d'un ton satisfait.

Virginie jeta un regard approbateur sur son visage bronzé et son corps mince et musclé.

— Comprenez-vous, dit-elle, je suis dans une situation difficile et inattendue, et la plupart de mes amis sont trop... trop haut placés. En se mêlant de cette affaire, ils peuvent nuire à leur réputation.

— Moi, je n'ai pas de réputation à perdre. Dites-moi donc carrément de quoi il s'agit.

— Il y a un cadavre dans la pièce à côté, dit Virginie. C'est un homme qu'on a assassiné, et je ne sais qu'en faire.

Elle annonça cela aussi ingénument qu'une petite fille, et le jeune homme monta immensément dans son estime en ne manifestant pas le moindre étonnement. On aurait dit qu'il entendait tous les jours des constatations de cet ordre.

— Parfait, dit-il. J'ai toujours eu envie de jouer les détectives amateurs. Dois-je aller examiner le cadavre, où voulez-vous d'abord me renseigner sur les circonstances ?

— Elles sont un peu singulières... Cet homme est venu ici hier pour la première fois. Il avait sur lui des lettres... des lettres d'amour... signées de mon nom...

— Mais ce n'est pas vous qui les avez écrites, dit calmement le jeune homme.

Virginie le regarda, étonnée.

— Comment le savez-vous ?

— Une simple déduction. Vous n'êtes pas femme à aimer en cachette et à craindre des découvertes. Continuez.

— Il voulait me faire chanter, et... et... je ne sais si vous comprenez cela, mais... je l'ai laissé faire.

Il hocha la tête avec un sourire.

— Si je comprends. C'était une sensation neuve, et vous vouliez savoir ce que vous éprouveriez.

— C'est précisément cela ! Quel homme intelligent vous êtes !

— En effet, je suis très intelligent, dit modestement

76

le jeune homme. Mais sachez bien que la plupart des gens ne comprendraient pas notre point de vue. Que voulez-vous, les gens n'ont pas d'imagination.

— Vous avez raison. J'ai dit à cet homme de revenir aujourd'hui, à six heures. Quand je suis rentrée chez moi — vous m'avez vue — j'ai trouvé une dépêche truquée qui avait fait partir tout mon personnel à la campagne. Il ne reste que ma femme de chambre. Je suis entrée dans le studio, pour téléphoner à la police, et j'y ai trouvé cet homme assassiné.

— Qui l'a introduit?

— Je ne sais pas. Si c'était ma femme de chambre, elle me l'aurait dit.

Le jeune homme se leva.

— Voyons le corps. Ensuite, nous aviserons.

Virginie sortit la première, lui montrant le chemin. Sur le seuil du studio, elle s'arrêta.

— A propos, dit-elle, vous ne m'avez pas dit votre nom?

— Mon nom? Anthony Cade.

CHAPITRE IX

Anthony suivit Virginie avec un léger sourire. Les événements avaient pris une tournure inattendue. Mais en se penchant sur le corps recroquevillé dans le fauteuil, il redevint grave.

— Il est encore tiède, dit-il. Cet homme a été tué il y a une demi-heure, moins peut-être.

— Juste avant ma rentrée ?

— En effet. Votre femme de chambre n'est pas entrée ici, bien entendu ?

— Non.

— Sait-elle que vous y étiez ?

— Oui. J'en suis sortie pour lui dire quelques mots.

— Après avoir découvert le corps ?

— Oui.

— Et vous ne lui en avez rien dit ?

— Non. Elle aurait sûrement eu une crise de nerfs, et j'avais besoin de réfléchir tranquillement. Je vois que vous n'êtes pas d'accord. Pourquoi ?

— Parce que si la femme de chambre avait découvert le corps en même temps, ou presque en même temps que vous, l'affaire aurait été simplifiée de beaucoup. On aurait eu une preuve que l'homme a été assassiné *avant* votre retour à la maison.

— Ah! Tandis que maintenant on peut prétendre qu'il a été assassiné *après*! Je comprends...

Il l'observa pendant qu'elle réfléchissait à cette difficulté nouvelle : décidément, elle était non seulement jolie, mais encore intelligente et courageuse.

— Comment se fait-il qu'Élise n'ait pas entendu la détonation? murmura-t-elle.

A travers la fenêtre ouverte, on entendit le bruit d'un pneu qui éclatait.

— Voilà la réponse, dit Anthony. A Londres, une détonation peut passer inaperçue.

Virginie se tourna vers l'homme avec un petit frisson.

— Il a le type italien, remarqua-t-elle.

— En effet, c'est un Italien. Garçon de restaurant et domestique d'hôtel de son métier. Maître chanteur de temps en temps seulement. Peut-être s'appelle-t-il Giuseppe.

— Ciel! s'écria Virginie. Êtes-vous Sherlock Holmes?

— Malheureusement non! Je vous expliquerai pourquoi je l'ai reconnu. Mais d'abord, dites-moi si vous avez réellement donné de l'argent à cet homme?

— Oui. Quarante livres.

— Mauvais, ça! dit Anthony sans manifester la moindre surprise. Maintenant, montrez-moi la dépêche.

Son visage devint plus grave encore pendant qu'il l'examinait.

— Où étiez-vous cet après-midi?

— Je jouais au tennis au Ranelagh.

— Et la dépêche a été expédiée du bureau de poste de Barnes, à côté. Vous auriez pu l'expédier vous-même.

Virginie, horrifiée, sentait le réseau mystérieux se resserrer autour d'elle.

Anthony tira son mouchoir et enveloppa ses doigts pour ramasser le revolver.

— Nous autres criminels, s'excusa-t-il, devons être prudents ; il faut bien se garer des empreintes digitales !

Mais tout à coup il se raidit. Toute son attitude changea. D'une voix brève, il questionna :

— Mrs Revel (elle l'écoutait avec tant d'anxiété qu'elle ne s'aperçut même pas qu'il l'appelait par son nom), avez-vous vu ce revolver avant ?

— Non, jamais, dit-elle, étonnée.

— En êtes-vous sûre ?

— Absolument sûre.

— Avez-vous eu un revolver jadis ?

— Mais non !

— C'est certain ?

— Sûr et certain !

— Alors, d'où ce jouet vient-il ?

Et il lui tendit le revolver, sur lequel était gravé le mot : *Virginie*.

— Oh ! mais c'est impossible ! s'écria Virginie.

Son étonnement était si sincère qu'Anthony ne put croire à une feinte.

— Asseyez-vous, dit-il calmement. Cette affaire est plus compliquée encore que nous ne l'avions cru. D'abord, envisageons nos hypothèses. Il n'y en a que deux. La vraie Virginie — je veux dire celle qui a écrit les lettres — a pu découvrir la trace du maître chanteur, le tuer, laisser tomber son revolver, prendre les lettres et s'enfuir. Est-ce possible ?

— Peut-être, murmura Virginie.

— L'autre hypothèse est plus intéressante. Ceux qui voulaient tuer Giuseppe voulaient en même temps vous incriminer. Ils auraient pu fort bien l'assassiner facilement ailleurs, mais ils ont fait des efforts extraordinaires pour l'occire précisément ici, chez vous! Et il est évident qu'ils en savaient long sur vous, sur votre cottage à Datchet, sur votre organisation domestique, et sur le fait que vous vous trouviez cet après-midi au tennis de Ranelagh. Avez-vous des ennemis, Mrs Revel?

— Mon Dieu, non! Je ne crois pas!

— Il s'agit d'établir, dit Anthony, ce que nous ferons maintenant. Deux plans s'offrent à nous : Plan A : téléphoner à la police, raconter toute l'histoire et avoir confiance en votre situation dans le monde et votre passé sans tache. Plan B : une tentative d'Anthony Cade de cacher le corps. Mes penchants naturels, bien entendu, me conseillent le plan B. J'ai toujours voulu savoir si j'avais l'habileté nécessaire pour effacer les traces d'un crime, mais un reste de sentimentalité m'a empêché de verser du sang. Néanmoins, j'estime que la première voie est plus raisonnable. Peut-être pourrait-on faire une sorte de compromis : téléphoner à la police, mais supprimer le revolver et les lettres... s'il les a encore sur lui!

Anthony fouilla rapidement les poches du mort.

— On lui a tout enlevé, annonça-t-il. Ces maudites lettres nous donneront encore du tracas! Il n'a plus rien sur lui... Tiens, qu'est-ce? Un bout de papier qui s'est accroché au bouton cousu à l'intérieur de la poche!

Il tira un bout de papier et l'examina à la lumière.

— Ce n'est qu'un fragment, malheureusement... *Chimneys, 11 h 45, jeudi...* On dirait un rendez-vous!

— Chimneys? s'exclama Virginie. C'est extraordinaire.

— Pourquoi extraordinaire? Un endroit trop aristocratique pour ce pauvre bougre?

— Je vais moi-même à Chimneys ce soir. Ou plutôt, je devais y aller.

Anthony se tourna brusquement vers elle.

— Comment ? Répétez ce que vous venez de dire.

— Je devais aller à Chimneys ce soir, répéta Virginie.

Anthony sifflota doucement.

— Cette fois, je commence à comprendre ! Quelqu'un, peut-être, voulait à tout prix vous empêcher d'aller à Chimneys !

— Je sais que mon cousin George Lomax voulait m'en empêcher, dit Virginie avec un sourire. Mais je ne puis sérieusement le soupçonner d'avoir tué.

Anthony ne souriait pas. Il était abîmé dans ses réflexions.

— Si vous téléphonez à la police, vous ne pourrez certainement pas aller à Chimneys ce soir, ni même demain. Et je voudrais que vous y alliez. Je crois que cela vous aidera à découvrir nos amis inconnus. Mrs Revel, voulez-vous remettre cette affaire entre mes mains ?

— Nous suivrons donc le plan B ?

— Parfaitement. Il faut avant tout nous débarrasser de votre femme de chambre. Est-ce possible ?

— Naturellement !

Virginie sortit dans le hall et appela :

— Élise ! Élise !

— Madame ?

Anthony entendit un colloque rapide, puis la porte d'entrée s'ouvrit et se referma. Virginie revint dans le studio.

— Elle est partie. Je l'ai envoyée chercher un flacon de parfum en lui disant que le magasin en question était ouvert jusqu'à huit heures du soir. Bien entendu, il ne l'est pas, mais ça ne fait rien. Elle doit prendre le train pour Chimneys sans m'attendre et sans rentrer ici.

— Bon, dit Anthony avec un signe d'approbation. Maintenant, disposons du cadavre ! Je me vois forcé de recourir à une méthode ancienne et banale : avez-vous une malle dans la maison ?

— Sans doute. Venez au sous-sol.

Plusieurs malles s'y trouvaient. Anthony en choisit une très large et très profonde, d'aspect respectable.

— Je m'occuperai de cela tout seul, dit-il avec tact. En attendant, préparez-vous à partir.

Virginie obéit. Elle monta chez elle et se mit en tenue de voyage. Quand elle descendit, Anthony l'attendait dans le hall, avec une malle proprement ceinturée de courroies.

— J'aimerais vous raconter l'histoire de ma vie, dit-il, mais je crois que nous aurons une soirée trop mouvementée. Voilà ce que vous avez à faire : appelez un taxi et mettez-y vos bagages, y compris la malle. Allez à Paddington où vous la laisserez en consigne. Je serai sur le quai. En passant devant moi, laissez tomber votre récépissé. Je le ramasserai et ferai mine de vous le rendre, mais en réalité je le garderai. Allez à Chimneys et soyez tranquille : je me charge du reste.

— Je vous suis follement reconnaissante, dit Virginie. C'est impardonnable de ma part de vous mettre un cadavre sur le dos, sans même vous connaître !

— Ça m'amuse, répliqua nonchalamment Anthony. Si un de mes amis, Jimmy McGrath, était ici, il vous dirait que dès qu'il y a quelque part une sale affaire, j'en suis !

Virginie le regardait, bouche bée.

— Quel nom venez-vous de prononcer? Jimmy McGrath?

Anthony fixa sur elle un regard perçant.

— Oui. Pourquoi? Vous avez entendu parler de lui?

— Oui, tout récemment. Mr Cade, il faut que je vous parle : pouvez-vous venir à Chimneys?

— Vous me reverrez bientôt, Mrs Revel, je vous le promets. En attendant, sortons séparément : un des conspirateurs en cachette par l'escalier de service, l'autre fièrement par la grande porte, au-devant d'un taxi!

Le plan se développa selon les prévisions. Anthony, qui avait pris un deuxième taxi, attendit Virginie sur le quai et ramassa le récépissé. Puis il se rendit dans un garage voisin, loua une voiture modeste et, revenant à la gare, prit livraison de la malle.

La route qu'il suivit, et qui le menait à travers la banlieue de Londres, était sillonnée d'autos, et il était impossible qu'on y retrouvât des traces de pas ou de roues. A un certain endroit, Anthony s'arrêta, descendit, et commença par rendre invisible sous une traînée de boue le numéro de sa voiture. Puis, après s'être assuré qu'aucune auto n'arrivait, il ouvrit la malle, en tira le corps de Giuseppe, le déposa dans le fossé au bord de la route de façon que la lumière des projecteurs ne le révélât pas, remonta dans sa voiture et repartit.

Cela avait duré exactement une minute et demie. Il fit un détour à droite, revenant à Londres *via* Burnham Beeches. Là, il stoppa de nouveau et, choisissant un des arbres géants de la forêt, il y grimpa, non sans difficulté. Par bonheur, la route était déserte. Parmi les branches les plus élevées, il aperçut un creux dans l'écorce et y enfouit un petit paquet bien ficelé.

« Bonne idée de cacher le revolver ici, se dit Anthony. Tout le monde cherche toujours par terre, jamais en l'air ! Et il y a bien peu de gens à Londres capables de grimper sur cet arbre. »

Revenu à la gare de Paddington, il remit de nouveau la malle en consigne — cette fois, dans une autre salle — se munit d'essence, et partit pour Chimneys. Son estomac rêvait nostalgiquement d'un bon bifteck accompagné de frites, mais Anthony n'avait pas le temps de manger.

Il était dix heures et demie du soir quand il fit stopper sa voiture sur la route qui longeait le parc de Chimneys. Escaladant le mur, il traversa en courant les allées, plus longues qu'il ne l'avait cru, et s'arrêta à quelque distance du château dont les ailes se dressaient dans l'obscurité. Au loin, une horloge sonna les trois quarts.

Onze heures quarante-cinq. L'heure annoncée sur le bout de papier trouvé dans la poche du mort. Anthony était maintenant au pied de l'escalier, les yeux levés vers les fenêtres. Tout semblait dormir.

— Ils se couchent tôt, messieurs les diplomates, murmura Anthony.

Tout à coup, il entendit distinctement le bruit d'une détonation. Anthony se retourna vivement. On avait tiré à l'intérieur de la maison, il en était sûr. Il attendit quelques minutes, mais le silence persista. Finalement, il s'approcha d'une des grandes fenêtres donnant sur la terrasse et essaya de l'ouvrir. Elle était fermée. Les autres aussi. Personne n'entendit ses tentatives. Tout semblait endormi. S'était-il trompé ? Ou la détonation venait-elle quand même d'autre part ? Vaguement inquiet, il abandonna ses investigations et revint sur la route.

A mi-chemin, il se retourna et contempla une fois de plus la maison. Tout à coup une des fenêtres du premier étage s'illumina. Mais, une seconde après, la lumière s'éteignit et Chimneys tout entier resta enveloppé, une fois de plus dans une obscurité et un silence de mort.

CHAPITRE X

CHIMNEYS

L'inspecteur Badgeworthy, grand, lourd, imposant, classait des papiers dans son bureau. Le comptable Johnson le regardait respectueusement.

La sonnerie du téléphone retentit, et l'inspecteur décrocha lourdement le récepteur.

— Allô! Oui, Poste de police. Market Basing. Ici l'inspecteur Badgeworthy. Hein? Quoi?

Toute l'attitude de l'inspecteur changea. Son interlocuteur le dépassait comme lui dépassait son constable.

— Oui, mylord? Pardon, mylord? Qu'avez-vous dit, mylord?

Un long silence, au cours duquel l'inspecteur Badgeworthy écoutait attentivement, changeant d'expression à tout instant. Finalement, il raccrocha, avec un bref : « Immédiatement, mylord! »

Il se tourna vers Johnson, gonflé d'importance :

— Une communication de lord Caterham, de Chimneys. Il y a eu un assassinat!

— Un assassinat! murmura Johnson, impressionné.

— Oui, un véritable assassinat, répéta l'inspecteur avec satisfaction. Un des invités de lord Caterham, un gentleman étranger, a été tué par un coup de revolver.

On a trouvé le corps près d'une fenêtre ouverte. Il y a des empreintes de pas sur la terrasse et la pelouse. J'espère qu'on ne les effacera pas avant notre arrivée! Partons, nous cueillerons en route le docteur Cartwright pour l'emmener à Chimneys.

Badgeworthy était au septième ciel. Un assassinat! A Chimneys! Scandale! Enquête! Sensation! L'inspecteur Badgeworthy est chargé de l'affaire. Il découvre des traces extraordinaires. Arrestation sensationnelle. Promotion dudit inspecteur.

« Encore faudrait-il, se dit l'inspecteur Badgeworthy, que Scotland Yard ne vienne pas m'enlever cette affaire! »

Cette pensée paralysa son enthousiasme. Il n'était, hélas! que trop vraisemblable que Scotland Yard se dérangerait, puisqu'il s'agissait de Chimneys!

Emmenant le docteur Cartwright, ils partirent pour Chimneys. En passant devant l'auberge « Aux Joueurs de cricket », le médecin remarqua un homme debout sur le seuil.

— Tiens! un étranger, dit-il. Je ne l'ai pas vu hier, il a dû arriver le soir.

— Pas par le train, en tout cas, répliqua Johnson, toujours au courant des départs et des arrivées, car son frère était chef de gare.

— Qui se trouve maintenant à Chimneys? demanda le docteur.

— Lady Eileen, qui est venue par le train de 3 h 40, avec deux jeunes gens — un Américain et un officier, tous deux sans valet de chambre! Mylord est venu à 5 h 40 avec un monsieur étranger — la victime, peut-être? — et son valet. Mr Eversleigh est arrivé par le même train. Mrs Revel est venue par celui de 7 h 25, en même temps qu'un monsieur chauve avec un nez crochu, et la femme de chambre de Mrs Revel, à 8 h 56.

Johnson s'arrêta, hors d'haleine.

— Et aucun voyageur n'est descendu à l'auberge ?

— Aucun.

— Il a dû venir en voiture, remarqua l'inspecteur. Renseignez-vous sur lui à l'auberge Johnson. Il est très bronzé, il m'a l'air, lui aussi, d'être un étranger. Avec ces gens-là, on ne sait jamais !

Et l'inspecteur hocha la tête avec l'air d'un homme qui ne se laisserait pas duper.

La voiture passa par le portail et traversa le parc de Chimneys. Inutile de décrire cette demeure seigneuriale, dont on trouvera la description exacte dans le guide *Châteaux historiques d'Angleterre*.

Ils furent reçus par un vieux domestique à cheveux blancs dont la physionomie, l'attitude et tous les gestes semblaient dire :

« Nous ne sommes pas habitués à des assassinats dans ces murs ! Mais faisons face au désastre en rassemblant tout notre sang-froid. Mourons s'il le faut, mais faisons comme si de rien n'était ! »

— Mylord vous attend, déclara-t-il. Par ici, s'il vous plaît.

Il les conduisit dans un petit boudoir où lord Caterham fuyait le luxe trop seigneurial des grands salons, et les annonça :

— Monsieur le docteur Cartwright. Monsieur l'inspecteur de police.

Lord Caterham se promenait de long en large. Il était visiblement agité.

— Enfin, vous voilà inspecteur ! Comment ça va, Cartwright ? Que dites-vous de cette horrible affaire ? Nous voilà dans une jolie situation !

Et lord Caterham, passant continuellement la main

dans ses cheveux ébouriffés, avait moins que jamais l'air d'un marquis.

— Où est le corps? demanda brièvement le docteur.

— Dans la salle du Conseil, là où je l'ai trouvé; je n'y ai pas touché.

— Très bien, mylord, approuva l'inspecteur en tirant un carnet et un crayon. Qui a découvert le corps? Vous-même?

— Dieu non, je ne me lève pas, d'ordinaire, à cette heure-ci! C'est une servante qui a appelé les autres. On m'a réveillé, je suis descendu et je vous ai téléphoné.

— Vous avez reconnu dans le cadavre un de vos invités?

— Oui, inspecteur.

— Quel est son nom?

Cette simple question sembla troubler lord Caterham. Il ouvrit sa bouche, puis la referma. Enfin, il dit faiblement :

— Son nom?

— Oui, mylord.

— Son nom, dit lord Caterham en traînant les syllabes, son nom, je crois... c'est-à-dire... oui, sans doute... son nom était Stanislas. Le comte Stanislas.

La réponse de lord Caterham était si singulière que l'inspecteur le contempla bouche bée. Mais à cet instant à la plus grande satisfaction du marquis embarassé, une jeune fille entra dans la pièce.

Grande, mince, brune, avec un visage de gamine et une allure garçonnière, lady Eileen Brent, dit Chiffonnette, fille aînée de lord Caterham, avait un charme un peu rude, mais indéniable.

— J'ai téléphoné à George Lomax, père. Il va venir tout de suite. Il nous recommande « la discrétion la plus absolue ».

Son père poussa un grognement.

— Je me doutais bien qu'il recommanderait une idiotie quelconque! Dès qu'il sera là, je me laverai les mains de toute cette affaire! Donne des ordres, Chiffonnette, pour que tes petites sœurs ne descendent pas ce matin et restent en haut avec leur gouvernante.

— Bien, père. Ces gosses sont horriblement curieuses. Mais Mlle Brun y veillera!

— L'homme assassiné s'appelle bien comte Stanislas, n'est-ce pas? redemanda le médecin.

Le père et la fille échangèrent un regard, et ce dernier dit avec dignité :

— Mais oui. Je vous l'ai dit tout à l'heure.

— C'est que, repartit le docteur en clignant imperceptiblement de l'œil, vous n'en paraissiez pas très sûr.

Lord Caterham le regarda avec reproche.

— Venez dans la salle du Conseil, docteur!

L'inspecteur les suivit, jetant des regards perçants autour de lui, comme pour découvrir des traces de l'assassin derrière les murs ou sur les cadres des tableaux.

Lord Caterham prit une clef dans sa poche et ouvrit la porte. La salle du Conseil, ornée de magnifiques meubles anciens et des portraits de tous les Caterham morts et vivants, avait trois grandes fenêtres donnant sur la terrasse.

A gauche, entre la porte et la fenêtre, gisait le corps d'un homme, les bras en croix.

Le docteur Cartwright s'agenouilla près du corps. L'inspecteur s'approcha des fenêtres. Il y avait des traces de pas sur la terrasse et sur l'escalier.

— Il devrait aussi y en avoir à l'intérieur, remarqua l'inspecteur. Elles seraient visibles sur le parquet.

— Peut-être sont-elles effacées, expliqua Chiffonnette, parce que la servante a astiqué une partie du parquet en entrant ici le matin. La pièce était obscure; elle est allée droit aux fenêtres, a tiré les rideaux et n'a pas vu le corps, dissimulé par la table du milieu. Elle ne l'a aperçu qu'en passant de l'autre côté de la table.

— Quand Mr Lomax viendra de Wyverne Abbey, inspecteur, déclara lord Caterham, il pourra vous aider mieux que moi. Cette affaire le regarde, il vous en expliquera le comment et le pourquoi!

Et mylord battit en retraite sans attendre une réponse.

— Ce maudit Lomax! Me mettre dans une situation pareille! Qu'y a-t-il, Tredwell?

Le domestique aux cheveux blancs s'inclina avec déférence.

— J'ai pris la liberté, mylord, d'avancer l'heure du déjeuner. Il est servi dans la salle à manger.

— Je suis trop ému pour manger, soupira lord Caterham. Beaucoup trop ému.

Suivi de Chiffonnette, lord Caterham cependant entra dans la salle à manger et jeta un regard sur la table couverte de plats appétissants.

— Quel malheur de ne pas avoir d'appétit! gémit-il en se servant abondamment de jambon et de haddock, et en versant du café dans sa tasse. Le médecin me prescrit du calme, du calme et encore du calme... mais comment diable en avoir quand Lomax m'oblige à organiser un week-end politique avec assassinat?

On entendit une voiture s'approcher de la maison.

— Lomax! s'écria Chiffonnette en s'élançant au-devant de lui.

— Vous déjeunez avec nous, mon cher? dit hospitalièrement lord Caterham. Une omelette? Du thé?

George Lomax refusa d'un geste impatient.

— C'est une catastrophe épouvantable! Épouvantable!

— Terrible, en effet! Une tasse de café?

— Non, non. Il faut étouffer l'affaire... à tout prix il faut l'étouffer! C'est une calamité nationale... la concession des pétroles perdue... la Herzoslovaquie... L'Angleterre... la paix de l'Europe...

— Mon cher, ne vous essoufflez pas. Prenez votre temps et... votre déjeuner.

— Je n'en veux pas. J'ai autre chose à faire. Qu'allons-nous entreprendre? Avez-vous mis quelqu'un au courant?

— Rien que Chiffonnette et moi-même. Et la police locale. Et le médecin. Et tout le personnel.

George poussa un gémissement.

— Remettez-vous, mon pauvre ami! Je vous assure que vous devriez prendre un verre pour vous réconforter! Que voulez-vous, on étouffe une affaire, mais on n'étouffe pas un cadavre! Il faut bien l'enterrer! C'est malheureux, mais c'est ainsi.

— Vous avez raison, Caterham. La police locale, dites-vous? Ça ne suffit pas. Il nous faut Battle.

— Qui?

— Le superintendent Battle, de Scotland Yard. Un homme d'une discrétion absolue. Et d'une habileté remarquable. Il nous a sauvés au moment de cette malheureuse affaire des fonds du parti.

— Quels fonds?

Mais le regard de George Lomax s'arrêta à temps sur Chiffonnette. Il fallait user de discrétion vis-à-vis des femmes.

— Je vous raconterai cela une autre fois, mon cher. A présent, nous n'avons pas de temps à perdre. Je dois expédier plusieurs dépêches.

— Écrivez-les, et Chiffonnette les téléphonera au bureau de poste.

George Lomax tira un stylo et se remit à écrire avec une rapidité incroyable. Il remit la première à Chiffonnette, qui la lut avec intérêt.

— Bon Dieu! Quel nom! s'exclama-t-elle. Baron comment?

— Baron Lopretjzyl.

— Pauvres employés du télégraphe!

George continua à écrire. Puis, remettant le fruit de ses travaux à Chiffonnette, il s'adressa au maître de la maison :

— Ce que vous pouvez faire de mieux, Caterham...

— Oui? demanda ce dernier avec inquiétude.

— C'est de remettre toute cette affaire entre mes mains.

— Bien certainement, répondit lord Caterham avec alacrité. C'est justement ce que je pensais faire. Vous trouverez l'inspecteur de police et le docteur Cartwright dans la salle du Conseil. Mon cher Lomax, je mets Chimneys à votre disposition. Faites ce qu'il vous plaira!

Et lord Caterham disparut par une petite porte. Chiffonnette, suivant sa retraite précipitée d'un regard d'affectueux mépris, se retourna vers Lomax.

— Si vous avez besoin de quoi que ce soit, Mr Lomax, dites-le moi. Je m'en occuperai.

— Je vous remercie, lady Eileen. En attendant, je vous demande d'expédier immédiatement ces télégrammes. Il faut que le superintendent Battle, de Scotland Yard, arrive au plus tôt! Qui est l'assassin? Qui a désorganisé les plans de la diplomatie anglaise et du syndicat panbritannique en s'attaquant à une aussi noble proie? Quelles sont, m'a-t-on dit, ces empreintes de pas sur la terrasse? La discrétion la plus absolue ne nous empêchera pas de retrouver et de châtier le malfaiteur qui a osé attenter aux intérêts de la Grande-Bretagne! La paix de l'Europe...

— Mr Lomax, dit Chiffonnette, notez donc tout cela pour votre prochain discours au Parlement! En attendant, voulez-vous me suivre dans la salle du Conseil? Le cadavre de qui vous savez se trouve là-bas.

CHAPITRE XI

(

LE SURINTENDENT BATTLE ARRIVE

C'est en vain que lord Caterham espérait échapper aux griffes de George Lomax. Lorsqu'il revint, vers midi, d'une longue promenade, tâchant de passer inaperçu et de se réfugier dans sa chambre, il fut, pour ainsi dire, traîné de force par le grand diplomate dans la salle du Conseil où se trouvaient maintenant le colonel Melrose, chef constable, et un inconnu de taille moyenne, avec un visage si singulièrement neutre et dénué d'expression qu'il en devenait remarquable.

— Le surintendent Battle est arrivé il y a une demi-heure, expliqua Lomax. Il a tout examiné en compagnie de l'inspecteur Bagdeworthy et du docteur Cartwright. Maintenant, il désire nous questionner.

Ils s'assirent tous, et George Lomax déclara :

— Inutile de vous dire, Battle, que c'est un cas particulier qui exige de notre part une discrétion absolue.

Le surintendent fit un léger signe affirmatif sous lequel, malgré sa courtoisie neutre et sèche, lord Caterham sentit une ironie voilée qui lui rendit immédiatement plus sympathique l'as de Scotland Yard.

— *All right,* Mr Lomax. Pourvu que vous ne cachiez rien à la police. La victime, m'a-t-on dit, était connue du personnel sous le nom de comte Stanislas. Est-ce son vrai nom ?

— Non.

— Et ce vrai nom, quel était-il ?

— Prince Michel de Herzoslovaquie.

Battle ne manifesta aucun étonnement.

— Et quel était le but de sa visite à Chimneys ? Une partie de chasse ? Rien d'autre ?

— Si, Battle, il y avait autre chose. Mais il faut que vous me juriez le secret...

— Oui, oui, Mr Lomax. C'est entendu.

— Sachez donc que le prince Michel se trouvait ici dans le but d'y rencontrer Mr Herman Isaacstein. Il s'agissait d'un emprunt à accorder à certaines conditions.

— Lesquelles ?

— C'est justement ce qu'il s'agissait de définir. Mais le prince Michel s'engageait, au cas où il monterait sur le trône, à octroyer certaines concessions pétrolifères aux compagnies représentées par Mr Isaacstein. Le gouvernement anglais se déclarait prêt à seconder le prince Michel, étant donné ses sympathies anglophiles.

— Je comprends, dit le surintendent Battle. Le prince Michel voulait de l'argent. Mr Isaacstein voulait les pétroles, et le gouvernement anglais était prêt à bénir cette sainte alliance. Rien qu'une question : Quelqu'un d'autre était-il à l'affût de ces concessions ?

— Un groupe de financiers américains avait fait des propositions à Son Altesse.

— Mais sans succès ?

— Les sympathies du prince Michel, répéta George Lomax, étaient pro-britanniques.

Le surintendent Battle n'insista pas.

— Lord Caterham, veuillez me dire si j'ai une notion

exacte de ce qui s'est passé hier. Vous êtes allé quérir le prince Michel à Londres et êtes arrivé à Chimneys avec lui et son valet, un Herzoslovaque nommé Boris Anchoukoff. Son adjudant, le capitaine Andrassy, est resté en ville. Le prince, en arrivant, a déclaré qu'il était très fatigué et s'est retiré dans son appartement où on lui a servi le dîner. Il n'a vu aucun des autres invités. Est-ce exact ?

— Tout à fait exact.

— Ce matin, à peu près à huit heures moins le quart, une servante a découvert le corps. Le docteur Cartwright a examiné le cadavre et constaté que la mort avait été causée par une balle de revolver. L'arme n'a pas été retrouvée et personne dans la maison n'a entendu de détonation. Mais la montre-bracelet du mort, dont le verre s'est brisé lors de sa chute et qui est par conséquent arrêtée, marque minuit moins le quart : nous savons donc l'heure du crime. Mais à quelle heure vous êtes-vous couché vous-même ?

— Très tôt, précisément. L'atmosphère n'y était pas, il n'y avait aucun entrain... Bref, nous nous sommes tous quittés vers dix heures et demie.

— Pourriez-vous, lord Caterham, me décrire tous ceux qui se trouvent ici ?

— Mais je croyais qu'il était clair que l'assassin était venu du dehors ?

Le surintendent sourit.

— Sans doute, sans doute. Néanmoins, j'aimerais savoir qui se trouve dans la maison. Habitude professionnelle.

— Eh bien, il y avait le prince Michel et son valet, Mr Herman Isaacstein, Mr Eversleigh...

— Qui travaille sous mes ordres aux Affaires étrangères, remarqua George Lomax avec condescendance.

— Et qui savait la raison du séjour du prince Michel à Chimneys ?

— Il s'en doutait peut-être vaguement, mais je n'ai pas jugé utile de le mettre entièrement dans le secret, répliqua majestueusement Lomax.

— Ensuite, lord Caterham ?

— Il y a... attendez... Mr Hiram Fish.

— Qui est-ce ?

— Un Américain qui m'a été recommandé par Mr Lucius Gott, dont vous avez peut-être entendu parler ?

Le surintendent sourit. Qui n'avait pas entendu parler du multimillionnaire Gott ?

— Il avait grand envie de voir ma collection d'autographes. Celle de Mr Gott est insurpassable, mais j'ai moi-même quelques trésors, et Mr Fish brûlait d'envie de les admirer. Comme Mr Lomax m'a proposé d'inviter à ce week-end plusieurs personnes n'ayant aucun rapport avec la politique, pour déjouer les soupçons, j'ai profité de l'occasion pour faire venir Mr Fish. Voilà pour les hommes. Quant aux dames, il n'y en a qu'une seule, Mrs Revel, qui a amené, je crois, sa femme de chambre. A part les invités, il y a ma fille aînée, les deux petites, leur gouvernante et tout le personnel.

Lord Caterham s'arrêta pour reprendre son souffle.

— Je vous remercie, dit le détective. Ces renseignements sont malgré tout nécessaires.

— Il est hors de doute, n'est-ce pas, dit George, que l'assassin est entré par la fenêtre ?

Battle réfléchit quelques instants, puis répondit lentement :

— Il y avait des traces de pas conduisant à la fenêtre, et d'autres s'en éloignant. On a vu une voiture stopper sur la route, devant le parc, hier à 11 h 40. A minuit, un jeune homme en voiture est arrivé à l'auberge des « Joueurs de cricket » et a pris une chambre. Il a mis ses souliers dehors pour les faire cirer ; ils étaient trempés et couverts de boue, comme s'il avait passé par les sentiers détrempés du parc.

George se pencha avidement en avant :

— Ne peut-on comparer les souliers aux traces de pas ?

— C'est déjà fait.

— Et alors ?

— Ce sont les mêmes.

— L'assassin est trouvé ! s'écria George. Ce jeune homme... A propos, comment s'appelle-t-il ?

— Anthony Cade.

— Cet Anthony Cade doit être immédiatement poursuivi et arrêté !

— Inutile de le poursuivre, dit le surintendent.

— Pourquoi !

— Parce qu'il est encore là.

— Comment ?

— C'est curieux, n'est-ce pas ? Voilà un jeune homme qui, selon toute logique, devrait s'enfuir. Au lieu de cela, il reste dans le voisinage et nous laisse tout loisir de comparer ses souliers aux traces de pas.

— Qu'en pensez-vous ? demanda le chef constable.

— Je ne sais qu'en penser, et c'est bien ce qui me tracasse.

— Croyez-vous... commença le colonel Melrose.

Mais il s'interrompit, car on venait de frapper discrètement à la porte.

Tredwell, le laquais grand style, se tenait sur le seuil.

— Mylord, dit-il en s'adressant à son maître, un gentleman désire vous voir au sujet d'une affaire importante qui se rattache, si j'ai bien compris, à la catastrophe de ce matin.

— Quel est son nom ? demanda Battle.

— Son nom, sir, est Mr Anthony Cade, mais il a dit que cela ne dirait rien à personne.

Cela, au contraire, semblait dire quelque chose à tous les assistants, qui se regardèrent avec étonnement.

— Tiens ! fit lord Caterham. Cette affaire commence à m'amuser. Faites-le entrer, Tredwell. Faites-le entrer sans retard.

CHAPITRE XII

— Mr Anthony Cade, annonça Tredwell.

— L'étranger suspect de l'auberge du village, ajouta Anthony.

Avec une sorte d'instinct rare chez les étrangers, il s'avança vers lord Caterham. Un bref regard lui suffit pour classer dans son esprit les trois autres assistants : « I. Scotland Yard. II. Police locale III. Gentleman harassé, menacé d'une attaque d'apoplexie, peut-être fonctionnaire du gouvernement. »

— Je vous dois mes excuses, poursuivit Anthony, s'adressant toujours à lord Caterham, pour m'être introduit chez vous avec un tel sans-gêne. Mais on m'a dit « Aux Joueurs de golf » ou de je ne sais quoi qu'il s'était commis chez vous un assassinat, et je crois que je pourrai aider à éclaircir l'affaire.

Pendant quelques instants, personne ne parla. Le surintendent Battle, parce qu'il était un homme expérimenté qui préférait laisser parler les autres; le colonel Melrose, parce qu'il était taciturne de nature; George Lomax, parce qu'il était accoutumé à se faire présenter un rapport sur la question avant de prononcer un discours, et lord Caterham parce qu'il ne savait que dire. Finalement, comme les autres gardaient le silence et que c'était à lui que s'adressaient les paroles de l'étranger, le maître de la maison fut obligé de répondre.

— Hum... Oui... En effet... dit-il. Veuillez... hum... veuillez vous asseoir.

— Je vous remercie, répondit Anthony en s'asseyant George Lomax toussa.

— Euh... Vous dites que vous pouvez éclaircir l'affaire... C'est-à-dire ?

— C'est-à-dire, expliqua Anthony, qu'hier, vers minuit moins le quart, je me suis permis d'entrer sans autorisation dans la propriété de lord Caterham — qui, je l'espère, voudra bien me pardonner — et que j'ai entendu la détonation. Je puis en tout cas vous dire l'heure exacte du crime.

Il promena un regard circulaire sur les assistants et s'arrêta plus longuement sur Battle, dont la physionomie impassible semblait lui plaire.

— Mais je crois, ajouta-t-il doucement, que je ne vous apprends là rien de neuf.

— C'est-à-dire, Mr Cade ? demanda Battle à son tour.

— C'est-à-dire, expliqua de nouveau Anthony, que ce matin il s'est passé ceci : j'avais mis mes souliers devant la porte pour les faire cirer. Mais quand j'ai voulu les reprendre, ils n'y étaient plus. Un jeune constable les avait emportés. Alors, comme deux et deux font quatre, je me suis dépêché de venir ici pour me justifier, si possible.

— C'est agir fort raisonnablement, dit l'inspecteur Battle.

Anthony sourit.

— J'apprécie la réserve de votre réponse, inspecteur. C'est bien inspecteur, n'est-ce pas ?

Lord Caterham, qui commençait à éprouver de la sympathie pour ce jeune homme, intervint.

— Surintendent Battle, de Scotland Yard. Colonel Melrose, notre chef constable. Mr Lomax.

Anthony regarda attentivement George.

— Mr George Lomax ?

— Oui.

— J'ai eu l'honneur, Mr Lomax, dit Anthony, de recevoir hier une lettre de vous.

George le regarda froidement, souhaitant secrètement que sa secrétaire, miss Oscar, qui rédigeait toutes ses lettres et qui savait de quoi elles traitaient et à qui elles étaient adressées, lui rappelât ce qu'il avait de commun avec cet individu. Un grand homme comme George ne pouvait se rappeler tous ces détails.

— Je crois, Mr Cade, dit-il en détournant la conversation, que vous étiez sur le point de nous expliquer ce que vous faisiez hier, à minuit moins le quart, dans le parc de lord Caterham ?

— Oui, Mr Cade, dites-nous ce que vous y faisiez, demanda lord Caterham lui-même avec un vif intérêt.

— Je crains, dit Anthony, que ce soit une histoire un peu longue. Vous permettez ?

Il tira son étui à cigarettes et en alluma une, se préparant à une longue épreuve.

Il se rendait parfaitement compte du danger qui le menaçait. Dans l'espace de vingt-quatre heures, il s'était trouvé mêlé à deux crimes différents. Après avoir disposé d'un cadavre et induit ainsi en erreur la justice, il était arrivé sur les lieux du deuxième crime exactement à l'instant où on le commettait. Pour ce jeune homme aimant les bagarres, il était vraiment bien tombé.

« L'Amérique du Sud, se dit-il, n'est rien, comparée à notre bonne vieille Angleterre ! »

Il était décidé à dire toute la vérité, avec seulement une petite modification et une grande omission.

— L'histoire commence, dit Anthony, il y a trois semaines, à Bulawayo, avant-poste de l'Empire. Mr Lomax, si je ne me trompe, a prononcé récemment un discours sur « la plus grande Angleterre » et sur nos colonies d'Afrique. J'y rencontrai un vieil ami à moi, Mr James McGrath...

George Lomax bondit sur sa chaise avec une exclamation étouffée.

— A la suite de l'entretien que j'eus avec lui, il me chargea d'une petite commission en Angleterre qu'il préférait ne pas exécuter lui-même. Comme le ticket était déjà acheté à son nom, je voyageai en qualité de James McGrath. Je me demande si c'est là un agissement contre la loi ? Le surintendent Battle me le dira sûrement, et me mettra à l'amende ou en prison par la même occasion.

— Veuillez continuer votre histoire, sir, dit le surintendent Battle, dont l'impassibilité semblait cacher un sourire.

— Arrivé à Londres, je descendis au *Ritz,* toujours sous le nom de James McGrath. J'étais chargé de remettre à une maison d'éditions certain manuscrit, mais avant d'avoir pu le faire, je reçus la visite des représentants de deux partis politiques d'un royaume étranger. Les méthodes de l'un étaient strictes et correctes, celles de l'autre ne l'étaient pas. Je tâchai de leur rendre la pareille. Mais la nuit même de mon arrivée, un des domestiques de l'hôtel s'introduisit dans ma chambre et tenta de me dévaliser.

— La police n'en a pas été avisée, dit le surintendent Battle.

— En effet, comme rien n'a pu être dérobé, j'ai préféré, d'accord avec le gérant, passer cet incident sous silence. Le gérant vous confirmera mon récit et vous dira que le domestique en question s'est enfui. Le lendemain, les éditeurs m'ont téléphoné et m'ont proposé de m'envoyer un de leurs employés afin que je lui remette le manuscrit. J'ai consenti, et le manuscrit a été remis le lendemain matin audit employé. Comme je n'en ai plus entendu parler, je suppose que les éditeurs sont heureusement en possession du manuscrit. Hier, toujours sous le nom de James McGrath, j'ai reçu une lettre de Mr George Lomax...

Anthony s'arrêta. Il commençait à s'amuser. George rougit.

— Oui, oui, murmura-t-il. Je m'en souviens maintenant. Vous savez, quand on a une correspondance si volumineuse... D'ailleurs, les noms étant différents, je ne pouvais vraiment savoir...

Ici, Mr George Lomax, sûr de sa moralité inattaquable, éleva la voix :

— Je me permets de vous déclarer à ce sujet, Mr... Euf... Cade... que je considère cette mascarade comme hautement inconvenante. Vous n'avez pas le droit de vous approprier le nom d'autrui, et j'estime que vous méritez une réprimande sévère, sinon un châtiment, au nom de la justice.

— Dans cette lettre, continua tranquillement Cade, Mr Lomax faisait allusion au manuscrit qu'il croyait encore en ma possession. Il me transmettait également une invitation de la part de lord Caterham de passer le week-end à Chimneys.

— Enchanté de vous voir, mon cher! dit le marquis. Mieux vaut tard que jamais!

George, scandalisé, fronça les sourcils.

Le surintendent Battle fixa son œil impassible sur Anthony.

— C'est ce qui explique votre présence ici hier soir, sir? demanda-t-il.

— Jamais de la vie! s'exclama Anthony. Quand je suis invité pour un week-end à la campagne, je n'ai pas l'habitude d'escalader le mur, de me glisser à travers le parc et d'essayer d'ouvrir les fenêtres du rez-de-chaussée. J'entre par la grande porte et j'essuie mes pieds sur le paillasson. L'invitation de lord Caterham, quelque aimable et tentante qu'elle me parût, j'ai été obligé de refuser, parce que j'avais déjà remis le manuscrit aux éditeurs. C'est ce que j'ai écrit à Mr Lomax! Mais, après lui avoir expédié ma réponse, je me suis rappelé autre chose.

Il s'arrêta un instant. Le moment critique était venu.

— Il faut vous dire qu'au cours de ma lutte nocturne avec le domestique du Ritz, Giuseppe, ce dernier a laissé échapper un bout de papier sur lequel étaient griffonnés quelques mots. Je n'y avais rien compris, mais l'invitation de passer le week-end à Chimneys me les rappela et éclaircit leur sens dans une certaine mesure. Voici ce bout de papier, messieurs, voyez vous-mêmes. Les mots que vous lirez sont : *Chimneys, jeudi 11 h 45*.

Battle examina attentivement le papier.

— Ce mot, continua Anthony, se rapportait peut-être à la demeure de lord Caterham. Peut-être, et peut-être pas. Mais, quoi qu'il en soit, Giuseppe était un brigand et un voleur, et projetait peut-être quelque attentat. Je décidai donc de venir ici pour avertir lord Caterham d'être sur ses gardes.

— Très gentil de votre part, dit lord Caterham.

— Malheureusement, j'ai été retenu en ville et n'ai pu arriver que très tard. J'ai donc voulu constater par moi-même, avant de me rendre le lendemain matin chez lord Caterham, que tout était en ordre. J'ai fait stopper ma voiture, j'ai escaladé le mur et j'ai traversé le parc. Arrivé ici, j'ai vu la maison entière plongée dans les ténèbres et le silence. J'allais partir quand j'ai entendu une détonation. J'ai cru qu'elle venait de l'intérieur, je suis monté en courant sur la terrasse et j'ai essayé d'ouvrir les fenêtres. Mais elles étaient fermées, et aucun son ne me parvenait. J'ai attendu quelques moments, mais comme il y avait un silence de mort, j'en ai conclu que je m'étais trompé et que ce devait être le coup de fusil d'un braconnier. Déduction naturelle dans ces circonstances.

— Tout ce qu'il y a de plus naturel, dit le surintendent Battle de sa voix neutre.

— Je suis allé à l'auberge, j'y ai dormi, et ce matin j'ai appris la nouvelle. Je me suis immédiatement rendu compte que j'étais suspect à la police — que je ne pouvais pas ne pas l'être — et je suis venu ici, espérant qu'on ne me passerait pas encore les menottes.

— Pas de menottes ce matin, dit Battle. Mais il y a une chose que je voudrais savoir.

— Laquelle ?

— Qu'est-ce que ce manuscrit ?

George toussa et répondit avec dépit :

— Les Mémoires du défunt comte Stylpitch. Comprenez-vous...

— Inutile de m'expliquer, dit Battle. Je comprends parfaitement.

Il se tourna vers Anthony.

— Savez-vous qui a été tué, Mr Cade ?

— Aux « Joueurs de football », on m'a dit que c'était un comte Stanislas.

— Renseignez-le, dit Battle laconiquement à Lomax.

Ce dernier, bien que visiblement désireux de garder le silence, obéit :

— Le gentleman qui se trouvait incognito à Chimneys sous le nom de comte Stanislas était en réalité Son Altesse le prince Michel de Herzoslovaquie.

Anthony sifflota.

— Ça complique la situation ! murmura-t-il.

Le surintendent Battle, qui l'observait de près, se leva.

— Je voudrais poser une question à Mr Cade, dit-il. Puis-je l'emmener dans la salle du Conseil ?

—Sans doute ! fit lord Caterham. Emmenez-le où il vous plaira.

Anthony et le détective sortirent ensemble.

Le corps avait été emporté, et seule une tache sombre sur le parquet rappelait la tragédie nocturne. Le soleil, entrant par les trois grandes pièces, inondait la pièce.

— Croyez-vous que c'est dans cette pièce que l'on a tiré ? demanda le surintendent.

— Voyons un peu.

Par la baie vitrée, Anthony sortit sur la terrasse et se tourna vers la maison.

— Oui, dit-il, ça doit être ici. Elle occupe toute la façade. Si le coup avait été tiré ailleurs, je l'aurais entendu de gauche, tandis qu'en réalité je l'ai entendu de derrière moi ou de droite. C'est pourquoi j'ai pensé à des braconniers. Car, comme vous le voyez, c'est ici l'extrémité de l'aile du château.

Il rentra dans la pièce et demanda :

— Pourquoi me demandez-vous cela ? N'êtes-vous pas sûr qu'il ait été tué ici ?

— Nous ne sommes jamais sûrs de rien comme nous voudrions l'être, répondit le surintendent. Vous avez dit aussi, je crois, que vous aviez essayé d'ouvrir les fenêtres ?

— En effet. Elles étaient fermées du dedans.

— Combien de fenêtres avez-vous essayé d'ouvrir.

— Trois.

— Trois ? Êtes-vous certain que c'est bien trois ?

— Tout à fait certain. Pourquoi ?

— C'est fort singulier, dit l'inspecteur.

— Qu'y a-t-il de singulier ?

— Quand le crime a été découvert ce matin, une des fenêtres — celle du milieu — n'était pas fermée.

— Tiens, tiens ! dit Anthony en se laissant tomber dans un fauteuil et en tirant son étui à cigarettes. Voilà qui présente le crime sous un aspect nouveau. Il y a deux alternatives : ou bien il a été tué par quelqu'un qui se trouvait à l'intérieur de la maison, et qui a ouvert la fenêtre pour faire croire que c'était l'œuvre d'un étranger — la mienne, peut-être — ou bien je mens. Vous pencherez peut-être pour la dernière alternative, mais je vous donne ma parole d'honneur qu'elle est fausse.

— Personne ne quittera cette maison avant que j'aie donné ma permission, déclara le surintendent.

Anthony le regarda avec intérêt.

— Depuis quand soupçonnez-vous que le crime a été commis par quelqu'un de l'intérieur ? demanda-t-il.

Battle sourit.

— J'en ai eu l'intuition depuis le commencement. La piste qui menait à vous était trop facile, trop ostentatoire. Et dès que j'ai constaté que les traces de pas étaient les vôtres, j'ai conçu des soupçons ailleurs.

— Mes félicitations à Scotland Yard! dit Anthony.

Mais intérieurement, plus que jamais, il se tenait sur ses gardes. Le surintendent Battle, qui paraissait lui faire confiance, était un détective astucieux et habile. Il ne fallait pas commettre d'imprudence.

— C'est là qu'il a été découvert? demanda Anthony en indiquant la tache sombre sur le parquet.

— Oui.

— Avec quoi l'a-t-on tué? Un revolver?

— Oui, mais nous ne saurons la marque que quand on aura retiré la balle à l'autopsie.

— On n'a donc pas retrouvé l'arme?

— Non.

— Aucun autre indice?

— Ceci.

Et le surintendent Battle tira de sa poche et tendit à Anthony une feuille de papier. Ce dernier, qui se sentait observé de près, examina le dessin tracé sur la feuille.

— Tiens! fit-il. Les camarades de la Main Rouge. Ils en ont également laissé un chez moi. Ils devraient le faire lithographier; ça leur prend trop de temps de les tracer à la main, s'ils continuent à en faire un usage aussi immodéré. Où a-t-on trouvé celui-ci?

— Sous le corps. Dans quelles circonstances l'avez-vous déjà vu, sir?

Anthony conta brièvement sa rencontre avec le représentant de cette association terroriste.

— Croyez-vous vraisemblable, sir, demanda Battle, que ce soient les camarades de la Main Rouge qui aient perpétré le crime?

— Théoriquement, oui. C'est conforme à leur propagande. Mais, en pratique, je crois qu'ils parlent de sang plus qu'ils n'en versent. D'ailleurs, je ne vois pas très bien un des leurs déguisé en invité : ils sont trop voyants! Il est vrai qu'on ne sait jamais.

— Vous l'avez dit, Mr Cade. On ne sait jamais.

Anthony le regarda en souriant.

— Mon cher surintendent, je peux vous assurer d'une chose : qui que je sois, je ne suis pas un agent de la Main Rouge.

Le surintendent Battle sourit. Puis il joua son dernier atout.

— Je voudrais que vous voyiez le corps, dit-il soudainement. Avez-vous des objections?

— Aucune, répondit Anthony.

Battle prit une clef dans sa poche, précéda Anthony dans le corridor et, s'arrêtant devant une porte, l'ouvrit. C'était un des petits salons. Le corps, recouvert d'un drap, était étendu sur la table.

Le surintendent Battle attendit qu'Anthony fût à côté de lui, puis, subitement, souleva le drap.

Anthony poussa une exclamation de surprise.

En l'entendant, Battle se redressa et, d'une voix qu'il tâchait en vain, cette fois, de rendre complètement neutre :

— Vous le connaissiez donc, Mr Cade?

— En effet, dit Anthony, se remettant de sa surprise. Je l'ai vu auparavant. Mais pas sous le nom de prince Michel Obolovitch. Il s'est présenté chez moi comme messager de la maison d'éditions Balderson et Hodgkins, et s'est fait appeler Mr Holmes.

CHAPITRE XIII

L'INVITÉ AMÉRICAIN

Le surintendent Battle ramena le drap sur le cadavre avec la grimace un peu déçue de l'homme qui a joué son meilleur atout en vain. Anthony, debout, les mains dans les poches, demeurait pensif.

— Je comprends maintenant, murmura-t-il, ce que voulait dire le vieux baron en parlant de recourir à d'« autres moyens » !

— Vous dites, Mr Cade ?

— Rien du tout, mon cher surintendent. Excusez-moi. Je songeais seulement que celui dont vous voyez le corps m'a, de son vivant, très proprement dupé. Je lui ai remis ce manuscrit comme un pauvre innocent, et j'ai privé ainsi mon ami Jimmy McGrath des mille livres qui lui reviennent.

— Mille livres sont une somme rondelette, dit Battle.

— Tout n'est peut-être pas perdu. Si je réussis à mettre la main sur les Mémoires de feu Stylpitch avant mardi prochain, je gagnerai encore la partie.

— Voudriez-vous m'accompagner encore une fois à la salle du Conseil, Mr Cade ? Il y a une chose encore dont j'aimerais vous parler.

De retour dans la salle du Conseil, le détective s'approcha de la fenêtre du milieu.

— J'ai réfléchi, Mr Cade. Cette fenêtre est très difficile à ouvrir ; le crochet est, je crois, légèrement rouillé... Vous vous êtes peut-être trompé en croyant qu'il était tiré. La fenêtre était simplement fermée sans être verrouillée. Je pense — je suis presque sûr — que vous vous êtes trompé.

Anthony le regarda longuement.

— Et si je disais que je suis certain, au contraire, de ne pas m'être trompé ?

— Une erreur n'est-elle pas toujours possible ?

Anthony sourit.

— Puisque vous y tenez tellement, surintendent, je dirai, pour vous faire plaisir, que je crois m'être trompé.

— Je vois que vous me comprenez, sir ! J'espère donc que vous le direz dans notre entourage, à un moment opportun, mais sans y insister trop, n'est-ce pas ?

— Entendu. Je...

Il s'interrompit. Battle l'avait empoigné par le bras et s'était penché en avant, comme pour l'écouter.

Imposant d'un geste le silence à Anthony, il s'approcha de la porte sur la pointe des pieds, et l'ouvrit soudain toute grande.

Sur le seuil se trouvait un homme de grande taille, avec des cheveux noirs bien lissés, une raie au milieu, une figure large et placide, et des yeux bleu faïence candides comme ceux d'un enfant.

— Pardon, messieurs, dit-il d'une voix traînante avec un accent américain très prononcé ; est-il permis d'inspecter les lieux du crime ? Je crois parler à des fonctionnaires de Scotland Yard ?

— Je n'ai pas cet honneur, dit Anthony. Mais le

surintendent Battle, que voici, est en effet un des chefs de Scotland Yard.

— Enchanté de vous connaître, dit avec empressement le gentleman américain. Permettez-moi de me présenter. Hiram P. Fish, de New York.

— Que désirez-vous voir, Mr Fish? demanda le détective.

L'Américain s'approcha de la tache sombre qui déshonorait le parquet de la salle du Conseil et la considéra avec intérêt.

— La criminologie, Mr Battle, est une de mes passions. J'ai même fait une monographie, récemment, sur *La dégénérescence et le crime*.

Il promena sur la pièce un regard circulaire qui parut s'attacher un peu plus longtemps à la fenêtre.

— Quels magnifiques portraits il y a dans cette salle! murmura-t-il. Quelles belles toiles! Un Holbein, un Van Dyck, et même, si je ne me trompe, un Vélasquez! Je m'intéresse beaucoup à la peinture, et plus encore aux autographes. C'est pour me permettre d'admirer sa collection d'autographes que lord Caterham a eu l'amabilité de m'inviter.

Il soupira.

— Hélas! les circonstances ne s'y prêtent guère! Décemment, il faudrait que nous prenions congé...

— Au contraire, sir, dit le surintendent Battle. Il faut rester. Personne ne doit quitter la maison avant l'enquête.

— Tiens! Et quand aura-t-elle lieu?

— Peut-être demain, peut-être lundi. Il faut procéder à l'autopsie et consulter le coroner.

— Dans ces circonstances, dit Mr Fish, le week-end ne sera pas gai!

Battle s'approcha de la porte.

— Partons, messieurs. Nous gardons encore cette pièce fermée à clef.

Il laissa passer les deux autres, tourna la clef dans la serrure et la mit dans sa poche.

— Je suppose, dit Mr Fish, que vous cherchez des empreintes digitales ? Et aussi des traces de pas ! Par un temps aussi humide, un intrus aurait dû en laisser.

— C'est ce qu'il a fait, dit Battle. Sur la terrasse, nous avons trouvé des traces de pas...

— Les miennes, expliqua gaiement Anthony.

Les yeux candides de Mr Fish s'arrêtèrent sur lui.

— Jeune homme dit-il, vous me surprenez.

Ils traversèrent le couloir et entrèrent dans le grand hall boisé de chêne, comme la salle du Conseil, et surmonté d'un balcon. A l'autre bout du hall, ils aperçurent deux silhouettes.

— Ah ! fit Mr Fish. Voici l'aimable marquis !

Cette définition convenait si mal à lord Caterham qu'Anthony se détourna pour dissimuler un sourire.

— Et avec lui, continua l'Américain, la dame dont je n'ai pas saisi le nom hier soir, quand on m'a présenté à elle. Elle est charmante ! Charmante, en vérité !

Lord Caterham était accompagné de Virginie Revel.

Anthony s'attendait à cette rencontre, mais sans savoir encore l'attitude qu'il allait adopter. Il se fiait à la présence d'esprit de Virginie. Peut-être jugerait-elle utile de faire mine de ne pas le connaître. Mais elle le détrompa à ce sujet.

— Tiens, Mr Cade ! s'écria Virginie en lui tendant les deux mains. Alors, vous avez quand même décidé de venir ? J'en suis bien contente !

— Ma chère Mrs Revel, je ne me doutais pas que Mr Cade était un de vos amis ! s'exclama lord Caterham.

— Un très vieil ami, dit Virginie avec un sourire malicieux. Je l'ai rencontré hier à Londres tout à fait par hasard, et je lui ai dit que j'irais le soir à Chimneys.

Anthony se montra un digne partenaire de la charmante comédienne.

— J'ai expliqué à Mrs Revel, dit-il, que j'avais été obligé de refuser votre aimable invitation, puisqu'elle avait été adressée en réalité à mon ami Jimmy McGrath dont je m'étais approprié le nom pour quelques jours. Et il me semblait par trop incorrect d'abuser de votre hospitalité sous un faux nom.

— Allons, allons, mon cher, dit lord Caterham, tout cela est de l'histoire ancienne, n'en parlons plus ! Je vais faire prendre vos bagages aux « Joueurs de cricket ».

— Vous êtes trop aimable, lord Caterham, mais...

— Pas de mais, il faut que vous veniez à Chimneys. Vous n'allez pas rester dans cette affreuse auberge, voyons ! Ce n'est pas un endroit pour vous.

— Mais oui, Mr Cade, il faut que vous veniez ici, dit doucement Virginie.

Anthony se rendit compte que l'atmosphère avait changé du tout au tout. Déjà Virginie avait beaucoup fait en sa faveur. Il n'était plus un étranger suspect, mais un ami de la charmante Mrs Revel. La situation de celle-ci était tellement inattaquable, tellement au-dessus de tout soupçon, qu'il lui suffisait de favoriser quelqu'un pour que ce quelqu'un devînt immédiatement un intime. Il songea au revolver niché dans le creux du chêne de Burham Beeches et au cadavre de Giuseppe dans le fossé, et sourit.

— Dans les circonstances actuelles, dit lord Caterham à Anthony, nous ne pouvons décemment pas organiser une partie de chasse. C'est vraiment dommage! Sans parler de Mr Isaacstein, que Lomax m'a imposé et dont je ne sais que faire. Quelle affaire!

Le pauvre pair d'Angleterre soupira profondément.

— Puisque vous êtes désormais à Chimneys, Mr Cade, fit Virginie, commencez par vous rendre utile! Emmenez-moi faire un tour en canot sur le lac. Là-bas, au moins, on n'entendra pas parler de crime! Pauvre lord Caterham, un assassinat dans sa maison! C'est vraiment pour lui une épreuve terrible. Mais je vous assure, mon cher lord Caterham, que ce n'est pas la faute de George.

— Si, si, c'est de sa faute, dit sombrement lord Caterham. Je n'aurais pas dû l'écouter.

— Impossible de ne pas l'écouter quand il vous retient par le pan du veston ou du pardessus!

— Heureusement que je ne serai plus seul à supporter son éloquence! déclara le lord. Je suis bien content que vous veniez chez nous, Cade! J'ai besoin d'un soutien.

— J'apprécie infiniment votre bienveillance, lord Caterham, dit Anthony.

Et il ajouta en souriant :

— Je l'apprécie même d'autant plus que je n'ai pas encore cessé d'être suspect! Mais le fait que je viens à Chimneys servira grandement le surintendent Battle.

— En quel sens, sir? demanda ce dernier.

— Il vous sera plus facile de me surveiller, expliqua doucement Anthony.

Et l'involontaire battement de cils du détective lui montra qu'il avait frappé juste.

CHAPITRE XIV

FINANCE ET POLITIQUE

Seul ce battement de cils à peine perceptible avait trahi durant une fraction de seconde le surintendent Battle, dont la physionomie demeurait toujours impassible. Si la scène qui venait d'avoir lieu entre Virginie Revel et Anthony Cade l'avait surpris, il ne le montra pas. Lui, lord Caterham et Mr Fish suivirent du regard les deux jeunes gens qui descendaient dans le parc.

— Charmant garçon! dit lord Caterham.

— Quelle bonne surprise pour Mrs Revel de rencontrer un vieil ami, murmura l'Américain. Il y a longtemps qu'ils se connaissent, je pense?

— On le dirait, répondit lord Caterham. Mais elle ne nous en a jamais parlé. A propos, Battle, Mr Lomax vous réclame. Il est dans le salon bleu.

Battle trouva sans difficulté le chemin du salon bleu. Il connaissait déjà la topographie de la maison.

— Ah! vous voilà enfin, Battle! dit Lomax.

Il marchait impatiemment de long en large. Devant la cheminée était assis un homme de grande taille, très correctement vêtu, mais portant néanmoins une sorte de marque exotique ineffaçable. Ses grands yeux noirs, dans son visage blême, étaient aussi impénétrables que ceux d'un cobra. Il avait un grand nez aquilin et une mâchoire carrée puissante.

— Entrez, Battle, dit Lomax d'un ton irrité, et fermez la porte derrière vous. Mr Isaacstein, je vous présente le surintendent Battle.

Battle s'inclina respectueusement. Bien que George Lomax marchât de long en large et parlât, et que le grand financier, lui, restât tranquille et silencieux dans son coin, Battle savait fort bien lequel d'entre eux représentait le pouvoir réel.

— Maintenant, dit Lomax, on peut parler plus librement que devant lord Caterham et le colonel Melrose. Comprenez-vous, Battle? Il ne faut pas faire courir de bruit.

— Malheureusement, il court quand même, murmura Battle.

Un soupçon de sourire parut pour un instant sur le visage blême du financier.

— Que pensez-vous de cet Anthony Cade? demanda Lomax. Le croyez-vous innocent?

Battle haussa légèrement les épaules.

— Son récit paraît vraisemblable. Nous pourrons en vérifier au moins une partie. Et je télégraphierai naturellement en Afrique du Sud pour me renseigner sur ses antécédents.

— Il n'est donc ni coupable ni complice?

Battle leva sa main large et carrée.

— Pas si vite, sir. Je n'ai jamais dit cela.

— Vous-même, surintendent Battle que pensez-vous du crime? demanda Isaacstein.

Sa voix était profonde et veloutée, riche en modulations. Elle l'avait bien servi, jadis, aux séances des comités financiers.

— Il est trop tôt pour penser, Mr Isaacstein. J'en suis encore à me poser la première question.

— Laquelle ?

— La raison du crime. Qui pouvait avoir intérêt à la mort du prince Michel ?

— Le parti révolutionnaire Herzoslovaque... commença Lomax.

Battle balaya cette objection d'un geste plus respectueux que d'ordinaire.

— Non, non, sir ! Ce n'étaient pas les camarades de la Main Rouge !

— Mais le papier avec le fameux dessin ? La main sanglante ?

— On l'a laissé exprès pour égarer nos soupçons !

— Je ne comprends pas, Battle, comment vous pouvez vous permettre d'affirmer cela aussi péremptoirement ! s'exclama George Lomax offensé.

— Voyons, Mr Lomax, rendez-vous compte : nous veillons sur le prince Michel depuis qu'il est en Angleterre, et nous n'avons jamais permis à un révolutionnaire de l'approcher. Nous savons tout sur la Main Rouge, c'est élémentaire ! Nous ne serions pas la police si nous n'étions pas renseignés sur les organisations secrètes.

— Je suis d'accord avec le surintendent, dit Isaacstein. Nous devons chercher le meurtrier ailleurs.

— Voyez-vous, sir, dit Battle, encouragé par cet appui, nous ne savons pas encore qui a gagné grâce à la mort du prince, mais nous savons qui a perdu !

— C'est-à-dire ? demanda Isaacstein en fixant sur lui ses yeux de cobra.

— C'est-à-dire vous-même et Mr Lomax, sans parler du parti royaliste de Herzoslovaquie. Passez-moi le mot, sir, vous êtes dans le pétrin.

— Battle! s'exclama George Lomax, profondément choqué.

— Continuez, Battle, dit Isaacstein. « Dans le pétrin » est le mot. Nous y sommes, en effet. Vous êtes un homme intelligent.

— Vous avez perdu votre roi, continua Battle. Vous en avez besoin d'un autre, et ce n'est pas si facile à trouver. Je n'ai pas besoin de savoir les détails de votre projet, mais je suppose qu'il y va de gros intérêts ?

— Très gros, confirma Isaacstein.

— Voilà qui m'amène à ma deuxième question. Qui est maintenant l'héritier du trône de Herzoslovaquie ?

Isaacstein regarda Lomax. Ce dernier répondit, après quelques instants d'hésitation :

— Eh bien, c'est... c'est... le prince Nicolas.

— Ah ! fit Battle. Et qui est-il ?

— Un cousin germain du prince Michel.

— Et où se trouve-t-il actuellement ?

— En Amérique, si je ne me trompe. Du moins, il y était encore récemment. Le prince Nicolas a toujours agi de la façon la moins conforme à son rang et à sa situation. Il fréquentait des républicains, des socialistes, et il a été exclu d'Oxford pour une escapade folle, je ne sais plus laquelle. Un bruit sur sa mort survenue au Congo a circulé il y a quelques années, mais c'était une fausse alerte. Il a reparu en Amérique il y a à peine quelques mois, quand on a commencé à parler de la restauration en Herzoslovaquie.

— En Amérique ! dit Battle. Mais ce sont, si je ne me trompe, des financiers américains qui convoitent les concessions sur les pétroles ?

Isaacstein fit un signe de tête affirmatif.

— En effet. Et le prince Nicolas leur a expliqué que si les Herzoslovaques voulaient de nouveau un roi, ils préféraient un prince aux idées modernes et démocratiques, c'est-à-dire lui-même, à un réactionnaire invétéré comme son cousin. Pour compenser l'appui politique et financier que lui prêterait l'Amérique, il était prêt à accorder à un groupe de financiers américains les concessions sur les pétroles.

Le surintendent Battle se départit de sa réserve habituelle pour siffloter doucement.

— Tiens, tiens, tiens, tiens! murmura-t-il. Maintenant, je comprends. Les Américains avaient leur prétendant, vous aviez le vôtre. Mais le parti royaliste herzoslovaque vous soutenait, et vous étiez sûr du succès. Et voilà que tout à coup...

— Voyons, vous ne croyez pas sérieusement que..., commença Lomax.

— Mr Isaacstein a dit que de gros intérêts étaient en jeu, interrompit Battle. Et si Mr Isaacstein dit qu'ils sont gros, c'est qu'ils le sont!

— On réussit toujours à trouver des instruments dociles sans se salir les mains soi-même, dit calmement le financier. Pour le moment, Wall Street a gagné. Mais rira bien qui rira le dernier. Ouvrez l'œil, Battle!

— Il y a une chose dont nous devons faire état, dit le détective : il paraît que le roi Victor est en Angleterre.

— Le roi Victor? répéta Lomax.

— Le fameux voleur de bijoux français. La Sûreté nous a avertis.

— Je m'en souviens maintenant, s'exclama George. Le roi Victor! Mais c'est l'homme qui...

Il s'interrompit. Isaacstein, qui avait du flair, se leva.

— Vous n'avez plus besoin de moi, Lomax, n'est-ce pas?

— Non, mon cher. Je vous remercie.

— Puis-je retourner à Londres, Battle?

— Malheureusement non, sir, dit courtoisement le surintendent. Si vous partez, d'autres voudront partir aussi. Et nous voulons qu'ils restent.

— Bon. Je resterai donc pour le week-end. Bien qu'il n'y ait plus de traité à conclure!

Et le grand financier sortit.

— Quel homme! murmura Lomax.

— En effet, c'est une personnalité puissante, constata Battle.

George se mit de nouveau à marcher de long en large.

— Ce que vous dites là m'inquiète terriblement, commença-t-il. Le roi Victor! Je le croyais en prison?

— Il en est sorti il y a quelques mois. La police française, bien entendu, le surveillait de près : malgré cela, il a réussi à filer, on ne sait au juste où, mais on a des raisons de croire qu'il est en Angleterre.

— Qu'y ferait-il?

— C'est à vous de le savoir, sir, dit le surintendent d'un ton significatif.

— Vous croyez?... Vous pensez que... Le défunt lord Caterham m'avait conté toute l'histoire en détail... Quelle catastrophe! Le... Le...

Et comme George Lomax, suffoqué, cherchait le mot, Battle lui souffla obligeamment :

— Le Koh-I-Noor!

— Chut, Battle! Pas si haut! Si vous voulez en parler, dites simplement le K. Mais, au fait, pourquoi en parler? Vous ne croyez pas que le roi Victor trempe dans ce crime-ci?

— Qui sait? Il y a une possibilité. Rappelez-vous, sir, que le... le visiteur royal a pu cacher le K. dans quatre endroits, dont l'un est Chimneys. Le roi Victor a été arrêté à Paris trois jours après la... mettons la disparition du K. Nous n'avons jamais cessé d'espérer qu'un jour il nous mettrait sur la piste du diamant.

— Mais on a fouillé Chimneys des dizaines de fois!

— Les perquisitions les plus minutieuses manquent souvent leur but. Il est possible que le roi Victor soit venu lui-même chercher le joyau, qu'il ait été surpris par le prince Michel et qu'il l'ait tué. Ce n'est qu'une hypothèse, contredite d'ailleurs par le fait que jusqu'à présent le roi Victor n'a jamais versé le sang. C'est un voleur, mais pas un assassin.

— Bah! un criminel dangereux peut devenir meurtrier d'un moment à l'autre.

— Ne croyez pas cela, Mr Lomax. Ces gens restent presque toujours fidèles à leurs principes. Néanmoins, j'aimerais poser quelques questions au valet du prince. Voulez-vous avoir l'obligeance, sir, de le faire venir?

Lomax sonna et donna des instructions à Tredwell. Quelques minutes après, un homme de stature gigantesque, aux cheveux blonds, aux yeux bleus profondément enfoncés, aux pommettes saillantes, entra dans le salon.

— Vous vous nommez Boris Anchoukoff?

— Oui.

— Vous étiez le valet de chambre du prince Michel?

— Oui, j'étais le serviteur de Son Altesse.

L'homme parlait l'anglais assez bien, mais avec un fort accent.

— Vous savez que votre maître a été assassiné?

En réponse, Boris poussa un grondement de fauve. Lomax, prudemment, se retira à l'autre bout de la pièce.

— Quand avez-vous vu votre maître pour la dernière fois?

— Son Altesse s'est couchée à dix heures et demie.

J'ai dormi, comme toujours, devant sa porte. Il a dû sortir par l'autre porte, celle qui donne sur le couloir. Ou peut-être ai-je été drogué. Je suis un mauvais serviteur, j'ai dormi pendant que mon maître veillait. Mais je le vengerai, je le jure! Je découvrirai son assassin et je lui enfoncerai mon couteau dans le cœur! Mais auparavant, je le ferai souffrir, le maudit, je lui couperai les oreilles, le nez, les doigts, je lui crèverai les yeux...

Haletant, il fixa d'un regard farouche les deux Anglais sidérés, puis, leur tournant le dos, rejoignit en deux bonds la porte et disparut.

— Quelle race de brigands, ces Herzoslovaques! murmura Lomax en s'essuyant le front.

— Si cet homme n'est pas sincère, remarqua le surintendent Battle, il est le bluffeur le plus extra-ordinaire que j'aie jamais vu. Mais je le crois franc, et dans ce cas, si vraiment il met la main sur le meurtrier du prince Michel, que Dieu lui pardonne!

CHAPITRE XV

LE FRANÇAIS

Virginie et Anthony suivirent le sentier qui conduisait au lac. Pendant quelques minutes, ils gardèrent le silence. Finalement, Virginie prit la parole et, avec un petit rire :

— J'ai tant de choses à vous dire et à vous faire dire que je ne sais par où commencer! Avant tout, — elle baissa la voix — *qu'avez-vous fait du cadavre?* Mon Dieu, quelle horrible question! Je ne croyais jamais que je tremperais aussi profondément dans un crime!

— En effet, ce doit être pour vous une sensation nouvelle!

— Et pour vous?

— Quoi qu'il en soit, je n'ai jamais eu jusqu'à présent à disposer d'un cadavre!

Et Anthony lui conta brièvement ses exploits de la veille.

— Bravo! dit Virginie. Je reprendrai la malle à la consigne de Paddington quand je rentrerai. Mais si on vous demande ce que vous avez fait hier soir?

— J'expliquerai que je me suis attardé à louer une voiture pour aller à Chimneys, et que je me suis égaré en route. Personne ne songera à faire un rapprochement entre moi et la découverte d'un cadavre dans un

127

fossé, sur une route tout à fait différente. Les médecins ne sont pas des magiciens, ils ne pourront certainement pas établir le moment exact de sa mort. D'ailleurs, on n'a dû le trouver que très tard, car il n'y a rien là-dessus dans les journaux du matin. Non, non, je ne crains rien de ce côté-là ; il me faut plutôt songer à un alibi pour la nuit.

— Oui, lord Caterham m'en a parlé. Mais il paraît que le bonhomme de Scotland Yard est sûr de votre innocence ?

— Il le dit, répliqua lentement Anthony. Mais tout ce que dit le surintendent Battle n'est pas bon à croire. Il y a bien des choses qu'il ne dit pas. Pour le moment, il est frappé par le manque apparent de motif.

— Apparent ? s'écria Virginie. Dites plutôt réel ! Quelle raison auriez-vous pu avoir de tuer un comte étranger absolument inconnu ?

Anthony la regarda.

— Vous avez séjourné en Herzoslovaquie, n'est-ce pas ? demanda-t-il.

— Oui. J'y ai passé deux ans avec mon mari, qui était chargé d'affaires à la légation.

— Avez-vous connu le prince Michel Obolovitch ?

— Comment donc ! Le plus antipathique des don Juan balkaniques ! Il m'a proposé de l'épouser morganatiquement !

— Et qu'avez-vous répondu à cette charmante proposition ?

— Pas tout à fait ce que j'aurais voulu, car il fallait être diplomate. Mais j'ai réussi à lui faire honte quand même, à ce petit prince ! Dites-moi pourquoi il vous intéresse.

— Parce que le comte Stanislas, qui vient d'être assassiné à Chimneys, était en réalité le prince Michel.

Virginie poussa une exclamation.

— Et vous croyez qu'il s'est retiré si tôt le soir parce qu'il préférait ne pas me voir ?

— Parfaitement. Voyez-vous, si vraiment on voulait à tout prix vous empêcher de venir cette fois à Chimneys, c'est parce que vous connaissiez la Herzoslovaquie. Vous rendez-vous compte que vous êtes la seule qui ait connu personnellement le prince Michel ?

— Et vous en déduisez ?

— J'en déduis que vous feriez bien de jeter un coup d'œil sur le cadavre. La chambre est fermée, je sais, mais...

— Mais lord Caterham l'ouvrira pour moi, si je le lui demande. Voyons, Mr Cade, pourquoi cette mesure ? Croyez-vous que l'homme assassiné était un imposteur ?

— C'est possible. Heureusement, nous avons le moyen de nous en assurer immédiatement.

— Il a été tué à minuit moins le quart, dit Virginie, pensive. L'heure marquée sur le bout de papier de Giuseppe. C'est terriblement compliqué et mystérieux !

— Cela me rappelle autre chose. Dites-moi, cette fenêtre au premier étage — l'avant-dernière à l'extrémité de la maison — est-elle celle de votre chambre ?

— Non, ma chambre est dans l'autre aile du château. Pourquoi ?

— Parce qu'à minuit, quand j'étais sur le point de quitter la maison, après avoir entendu la détonation, j'ai vu cette fenêtre s'éclairer tout à coup pendant quelques instants.

— Ah ! je questionnerai Chiffonnette pour savoir qui occupe cette chambre. Peut-être la personne en question a-t-elle entendu la détonation ?

— Dans ce cas, pourquoi n'a-t-elle rien dit ? J'ai

d'ailleurs appris par Battle que personne dans la maison n'avait entendu la détonation.

Ils étaient arrivés au lac. Anthony détacha le canot.

— Sur l'eau, dit-il, nous serons à l'abri des agents de Scotland Yard, des invités américains et des domestiques curieux.

— Lord Caterham m'a vaguement expliqué votre histoire, dit Virginie, mais il s'est un peu embrouillé. Dites-moi tout! Et d'abord : qui êtes-vous en réalité : Anthony Cade ou Jimmy McGrath?

Pour la première fois ce jour-là, Anthony conta l'histoire des dernières six semaines de sa vie, cette fois sans omissions. Il relata, pour finir, comment il avait reconnu « Mr Holmes » dans le cadavre du prince Michel.

— A propos, Mrs Revel, finit-il, je ne vous ai pas encore remercié pour votre pieux mensonge! Me voilà classé comme vieil ami!

— Mais vous l'êtes! s'écria Virginie. Croyez-vous que je vous aie chargé d'un cadavre pour dire ensuite que je ne vous connaissais pas?

— Pourquoi, demanda-t-il, avez-vous paru si surprise, hier, quand j'ai mentionné le nom de Jimmy McGrath? L'aviez-vous déjà entendu?

— Oui, Sherlock Holmes! Je l'avais entendu. George, mon cousin George Lomax, que vous connaissez déjà, était venu la veille me proposer une chose niaise, comme lui seul peut en imaginer. Il s'agissait de venir passer le week-end à Chimneys et de mettre en œuvre tout mon charme pour éblouir un certain McGrath et lui extorquer les Mémoires. Évidemment, George ne m'a pas dit cela comme je vous le répète : il me l'a servi avec une sauce de sa fabrication, en énonçant des tas de bêtises sur la distinction de la lady anglaise et la nécessité de gagner nos coloniaux à la juste cause... J'ai tellement plaisanté qu'il a pris peur et qu'il a essayé de se débarrasser de moi, mais il était trop tard!

— Quoi qu'il en soit, son projet s'est réalisé, remarqua Anthony. Me voilà à Chimneys, moi qu'il prenait pour James McGrath, et vous voilà effectivement en train de me séduire.

— Oui, mais les Mémoires? Perdus pour ce pauvre George! A propos de documents, moi aussi je veux vous poser une question. Quand je vous ai dit que je n'avais pas écrit ces lettres compromettantes, vous m'avez répondu que vous en étiez sûr; d'où vient cette certitude, s'il vous plaît?

Anthony sourit.

— Il suffit d'être tant soit peu psychologue pour comprendre qu'une femme comme vous ne s'abaisse pas à aimer en cachette et à se laisser intimider par n'importe qui. La Virginie Revel des lettres vivait dans une peur atroce. Jamais vous n'auriez vécu comme cela. On vous sent trop droite et trop franche.

— Je me demande où elle est et ce qu'elle fait, cette pauvre Virginie Revel. J'ai la sensation d'avoir un double quelque part.

Anthony alluma une cigarette.

— Savez-vous qu'une de ces lettres était datée de Chimneys? demanda-t-il.

— Quoi?

Virginie se redressa.

— Ce n'est pas possible! Quand a-t-elle été écrite?

— Il y a quelques années, je suppose. Mais la date exacte n'y était pas. Curieux, n'est-ce pas?

— Je suis sûre et certaine, Mr Cade, qu'il n'y a jamais eu d'autre Virginie Revel en visite à Chimneys!

Lord Caterham ou Chiffonnette m'aurait parlé de cette coïncidence !

— Oui, c'est très singulier. Savez-vous, Mrs Revel, que je commence à ne plus croire en cette autre Virginie Revel ?

— Elle paraît un peu fantastique, murmura Virginie.

— Tout à fait fantastique même ! Je commence à penser que la personne qui a écrit ces lettres les a signées exprès de votre nom.

— Mais pourquoi ? s'exclama Virginie. Pourquoi ?

— C'est bien ce qu'il s'agit de trouver ! Il nous faut découvrir le pourquoi de pas mal de choses.

— Mettons-nous à l'œuvre, dit Virginie. Je vois lord Caterham et Chiffonnette qui se promènent au bord du lac. Il faut avant tout établir si le mort est le prince Michel ou un imposteur.

Anthony rama vers le rivage, et quelques minutes plus tard, ils rejoignirent lord Caterham et sa fille.

— Le déjeuner est en retard, dit le marquis mélancoliquement. Les fonctionnaires de Scotland Yard ont sûrement terrorisé le cuisinier.

— Chiffonnette, je vous présente mon ami, Mr Cade, dit Virginie. Soyez gentille pour lui.

Chiffonnette regarda gravement Anthony pendant quelques instants, puis, s'adressant à Virginie comme si le jeune homme n'était pas présent :

— Où trouvez-vous des cavaliers d'allure aussi chevaleresque, Virginie ? Vous avez de la chance !

— Prenez-le, dit généreusement Virginie. Je préfère lord Caterham !

Elle glissa son bras sous celui du gentilhomme flatté et partit avec lui.

— Parlez-vous, Mr Cade ? demanda Chiffonnette.

Ou bien vous contentez-vous d'être l'homme fort, bronzé et silencieux ?

— Si je parle ! se récria Anthony. Non seulement je parle, mais encore je pose des questions !

— Par exemple ?

— Par exemple : qui occupe l'avant-dernière chambre à gauche à l'extrémité de cette aile du château ?

— Quelle singulière question ! Vous m'intriguez. Cette chambre est celle de Mlle Brun, la gouvernante française de mes deux petites sœurs, Chiffon et Griffon, d'insupportables gamines !

— Y a-t-il longtemps que Mlle Brun occupe ce poste ?

— Bientôt deux mois. Êtes-vous détective, Mr Cade ? Je regrette que vous ne soyez plus l'étranger suspect pour lequel on vous prenait d'abord ! J'ai toujours eu envie de faire la connaissance d'un assassin ! Nous n'avons jamais eu de meurtre dans la maison, auparavant ; c'est plus passionnant qu'un roman policier ! Dieu ! qu'est-ce encore ?

Anthony tourna la tête et vit arriver un taxi dont descendirent un homme âgé, chauve, portant une barbe noire majestueuse, et un autre, plus jeune, au visage barré d'une moustache de jais.

— Si je ne me trompe, remarqua Anthony, c'est mon vieil ami, le baron Lo... Lopré... bref, le baron !

— Ah ! oui. Ce matin, j'ai expédié une dépêche de la part de Lomax à un baron Prenzoslovaque au nom abracadabrant... Je suis sûre qu'on m'obligera à l'entretenir tout l'après-midi, et j'ai déjà dû passer ma matinée avec Isaacstein ! Peste soit de Lomax et de ses invités politiques ! Excusez-moi, Mr Cade, je dois courir au secours de mon pauvre père qui aura deux personnages à subir !

Chiffonnette retourna en hâte vers la maison.

Anthony la suivit du regard. Il allait, lui aussi, quitter le rivage, lorsqu'il entendit un bruit léger derrière le débarcadère. Il s'en approcha vivement sur la pointe des pieds, et aperçut un homme agenouillé dans l'herbe, qui se leva précipitamment. Il était grand, maigre, âgé d'une trentaine d'années, peut-être même plus ; il avait une barbiche noire, portait un lorgnon et semblait assez respectable.

— Que faites-vous là ? demanda Anthony, sûr que ce n'était pas là un invité de lord Caterham.

— Pardon, monsieur, dit l'homme avec un accent français très marqué, je voudrais retourner à l'auberge des « Joueurs de cricket » et je me suis égaré. Quel chemin dois-je suivre ?

— Contournez le lac et là-bas — juste au milieu — vous trouverez un sentier qui vous y mènera directement. Ici, c'est une propriété privée.

— Excusez-moi, mais je ne connais pas du tout cette région. Vous êtes bien aimable, monsieur, je vous remercie.

— De rien, de rien ! J'espère que vous ne vous êtes pas refroidi.

— Pardon, monsieur ?

— On s'enrhume si facilement en s'agenouillant sur le sol humide ! Je crois que je vous ai entendu éternuer. Faites attention, soignez-vous ! Bonjour, monsieur.

Et Anthony s'éloigna en songeant :

« Deuxième étranger suspect de l'auberge du village ! Qui peut-il être ? On le prendrait pour un voyageur de commerce français. Une gouvernante française occupe l'avant-dernière chambre à gauche. Un Français mystérieux rôde dans le parc. Singulière coïncidence!»

Sur la terrasse, Anthony rencontra lord Caterham, plus mélancolique que jamais et flanqué de ses deux nouveaux invités. A la vue d'Anthony, sa physionomie s'éclaircit.

— Ah! vous voilà! dit-il. Je vous présente au baron Lo... Lo... et au capitaine Andrassy. Mr Anthony Cade.

Le baron fixa sur Anthony un regard soupçonneux.

— Mr Cade? dit-il froidement. Dites plutôt Mr McGrath!

— Quelques mots en particulier, baron! pria Anthony. Je vous expliquerai tout.

Le baron s'inclina, et les deux hommes descendirent dans le jardin.

— Baron, dit Anthony, je dois vous avouer que je me suis présenté à vous pour la première fois sous un nom qui n'était pas le mien. En exécutant la commission dont était chargé mon ami McGrath, j'ai cru devoir m'approprier son nom. Vous admettrez que le délit n'est pas grave. L'homme que vous vouliez voir était celui qui avait en sa possession les Mémoires. J'étais cet homme. Je ne le suis plus. Vous ne le savez que trop bien! Un truc très adroit, baron, très adroit!

— Son Altesse elle-même en avait eu l'idée. Et elle a insisté pour l'exécuter en personne.

— En vrai comédien! dit Anthony avec admiration. Je n'aurais jamais songé à prendre ce Holmes pour un étranger.

— Le prince a été élevé en Angleterre, expliqua le baron. C'est la coutume de Herzoslovaquie.

— Puis-je demander, sans indiscrétion, ce que sont devenus les Mémoires?

— Entre gentlemen... commença le baron.

— Trop aimable, baron! De ma vie je n'ai été appelé gentleman aussi fréquemment que dans le courant de ces quarante-huit heures.

— Pour répondre à votre question, Mr... euh... Cade, je crois que ces Mémoires ont été brûlés.

— Vous le croyez, mais vous n'en êtes pas sûr?

— Son Altesse les a gardés. Elle avait l'intention de les lire et ensuite de les brûler.

— Vous savez, les réminiscences du comte Stylpitch n'étaient pas une de ces vies romancées qu'on parcourt en une demi-heure!

— On ne les a pas retrouvés parmi les effets de mon pauvre maître. Je les crois donc brûlés.

— Je vous pose ces questions, baron, parce que je suis moi-même, comme on a dû vous l'expliquer, indirectement mêlé au crime. Il faut que je me libère de tout soupçon!

— Votre honneur l'exige, dit le baron.

— C'est cela. Vous exprimez fort bien ce genre de choses. Vous comprendrez donc que j'ai intérêt à découvrir le véritable assassin et que cette question des Mémoires est très importante. Peut-être n'a-t-on tué le prince que pour s'en emparer! Je dois vous avertir, baron, que j'ai toujours l'intention de les remettre aux éditeurs mardi prochain, 13 octobre.

— Mais puisque vous ne les avez plus!

— Nous sommes aujourd'hui vendredi. J'ai encore cinq jours.

— Mais s'ils sont brûlés?

— J'ai de bonnes raisons pour ne pas le croire.

Une silhouette massive avança vers eux. Anthony, qui n'avait pas encore vu le grand Isaacstein, le considéra avec intérêt.

— Ah! baron, fit le financier sans lâcher le gros cigare qu'il fumait, quelle affaire! Quelle mauvaise affaire!

— Mon cher Mr Isaacstein! s'écria le baron. Mon pauvre ami! Tout notre noble édifice de pétrole et de royauté est en ruine!

Anthony se retira discrètement, laissant les deux gentlemen à leurs lamentations. Il passa devant une haie d'ifs et vit une mince spirale de fumée en sortir soudain.

Il se retourna vivement: Isaacstein et le baron lui tournaient le dos. Lord Caterham et le capitaine Andrassy avaient quitté la terrasse. Il se baissa et se fraya péniblement un chemin à travers la haie. Ou plutôt à travers la moitié de la haie, car juste au milieu serpentait un étroit sentier. L'entrée se trouvait à l'autre bout. Il n'y avait là rien de mystérieux, on trouvait souvent de ces doubles haies dans les jardins, mais, vue de la terrasse, celle-ci n'en faisait qu'une seule. On ne se serait jamais douté qu'il y avait un espace au milieu.

Entre les ifs taillés, sur une chaise basse, un cigare à moitié éteint les doigts, un gentleman semblait dormir.

« Hum! songea Anthony. Mr Hiram Fish doit aimer se reposer dans l'ombre! Décidément, Chimneys est plein de surprises : les haies d'ifs, les débarcadères... Quand on a quelque chose à se dire, il vaut mieux ne le faire qu'au milieu du lac! »

CHAPITRE XVI

UNE TASSE DE THÉ CHEZ LA GOUVERNANTE

— Le déjeuner est servi, mylord, annonça Tredwell.

— Enfin! dit lord Caterham en retrouvant son sourire.

A cet instant, deux jeunes personnes âgées de dix et douze ans firent irruption dans le hall et exécutèrent devant les invités une sorte de danse indienne. C'étaient Chiffon et Griffon, les deux filles cadettes du marquis.

— Que faites-vous là, toutes seules? Où est Mademoiselle? demanda leur aînée, horrifiée.

— Elle a la migraine, la migraine, la migraine! chantonna Chiffon.

— Hourrah! On est libres! ajouta triomphalement Griffon.

— Décidément, murmura Anthony, Mademoiselle est invisible! Mais je réussirai à la voir quand même!

Virginie, qui descendait à l'instant, s'approcha de lui et, prenant son bras pour entrer dans la salle à manger, chuchota :

— Votre supposition n'était pas fondée. Le cadavre est celui du prince Michel.

— Oh! fit Anthony, profondément chagriné.

Le déjeuner fut une dure épreuve. Même la gaieté de Chiffonnette ne réussit pas à donner de l'entrain à l'assemblée hétérogène. Le baron et Andrassy étaient corrects et solennels comme s'ils déjeunaient dans un mausolée. Lord Caterham était léthargique et déprimé. Bill Eversleigh lançait des regards langoureux et nostalgiques à Virginie. George, plein d'un tact surhumain, conversait tantôt avec le baron, tantôt avec Mr Isaacstein. Chiffon et Griffon, folles de joie d'avoir eu un assassinat dans leur maison et d'être provisoirement libérées de leur gouvernante, lançaient des remarques déplacées. Mr Hiram Fish mastiquait interminablement. Le surintendent Battle avait disparu on ne sait où.

— Dieu merci que ce soit fini! murmura Chiffonnette à Anthony quand ils se levèrent. George emmène les gentlemen étrangers chez lui pour tout l'après-midi. Ils y discuteront des secrets d'État.

— Ça nous permettra de parler entre nous! répondit Anthony.

— Pourquoi regardez-vous Virginie en disant cela?

— Mais non, je ne la regarde pas!

— Si, vous la regardez! D'ailleurs, tout le monde la regarde! Ce n'est pas ce qu'elle dit ni ce qu'elle fait qui attire les gens, ce n'est même pas sa figure, c'est un je-ne-sais-quoi. Mais, pour le moment, détournez vos regards! Elle m'a demandé d'être gentille pour vous et je le serai, de force, s'il le faut!

— Inutile, je suis prêt à accepter votre gentillesse avec reconnaissance. Mais, si vous n'y voyez pas d'inconvénient, je préférerais que vous soyez gentille sur l'eau, dans un canot.

— L'idée n'est pas mauvaise! dit Chiffonnette.

Ils descendirent vers le lac, et lorsqu'ils se furent un peu éloignés du rivage, Anthony, tout en ramant doucement, demanda :

— Lady Eileen, j'aimerais vous poser une question.

— Sur quelle chambre du château voulez-vous être renseigné ? demanda patiemment Chiffonnette.

— Aucune. Mais je voudrais savoir d'où vous vient votre gouvernante française ?

— D'une agence, tout simplement. Je la paie cent livres par an; son prénom est Geneviève et elle arrive plus ou moins à mater Chiffon et Griffon. Autres renseignements désirés ?

— A-t-elle des références ?

— Bien entendu ! De tout premier ordre ! Elle a passé dix ans chez la comtesse de Machin-Chose.

— La comtesse de... ?

— La comtesse de Breteuil, château de Breteuil, Dinard.

— Avez-vous vu la comtesse elle-même ? Ou tout s'est-il passé par correspondance ?

— Par correspondance.

— Hum ! fit Anthony.

— Vous m'intriguez, Mr Cade. Pourquoi cet intérêt pour Mlle Brun ? Amour ou crime ?

— Probablement ni l'un ni l'autre. Rien qu'une fausse supposition. N'en parlons plus.

— « N'en parlons plus », dit-il négligemment, après m'avoir extorqué tous les renseignements qu'il lui fallait. Mr Cade, qui soupçonnez-vous ? Dans les romans, on soupçonne toujours le personnage le moins susceptible d'avoir commis le crime. Dans ce cas, je soupçonne Bill Eversleigh.

— Pourquoi pas vous-même !

— Des aristocrates anglais alliés aux camarades de la Main Rouge ! Quel titre pour un article sensationnel !

Anthony se mit à rire. Chiffonnette l'amusait, bien qu'il craignît un peu sa perspicacité malicieuse.

— Prenez garde aux gamines, dit-elle. Voyez, elles guettent notre retour sur le débarcadère. Si vous ne vous esquivez pas à temps, vous tomberez dans leurs griffes.

— Je ne demande pas mieux. J'adore les enfants. Je pourrai leur apprendre un jeu bien sage, tranquille et intellectuel.

Il fut reçu par des acclamations.

— Savez-vous jouer aux Indiens? demanda sévèrement Chiffon.

— Et comment! fit fièrement Anthony. Je sais hurler comme pas un quand on me scalpe!

Il poussa un hurlement inhumain.

— Pas mal! fit Griffon. Savez-vous pousser le cri de guerre?

Anthony se distingua une fois de plus. L'instant d'après les buissons retentissaient de clameurs sauvages. Mr Cade jouait aux Indiens avec ses nouvelles amies.

Une heure plus tard, ils étaient devenus si intimes qu'ils décidèrent de prendre le thé ensemble dans l'appartement de ces demoiselles.

La gouvernante, surprise par cette intrusion, fit contre mauvaise fortune bon cœur. Anthony crut même sentir qu'elle n'était pas fâchée de bavarder avec un jeune homme présentable. Mais, hélas! son physique ne correspondait pas le moins du monde à l'image de l'aventurière qui s'était formée dans son esprit. Mlle Brun était petite, maigre, fagotée autant qu'on pouvait l'être, avec un visage hâve, des cheveux grisonnants et un soupçon de moustache!

« J'ai fait de nouveau fausse route! » soupira à part lui Anthony.

Néanmoins, il tint son rôle jusqu'au bout et charma

Mademoiselle par son amabilité et les élèves par son entrain.

En sortant de l'appartement des enfants, il alla retrouver le surintendent Battle et lui déclara sans préambule :

— Battle, j'ai besoin de faire un petit voyage. Est-ce possible ?

Fidèle à ses principes, le surintendent ne manifesta ni surprise ni émotion. Sa réponse fut calme, comme toujours :

— Cela dépend, sir, de l'endroit où vous désirez vous rendre.

— Je désire aller à Dinard, au château de la comtesse de Breteuil.

— Quand, Mr Cade ?

— Mettons demain, après l'enquête. Je pourrais être de retour dimanche soir.

— Je vois, dit le surintendent avec son flegme habituel.

— Eh bien ?

— Pour ma part, je n'ai rien contre ce projet, à condition que vous alliez où vous dites et que vous en reveniez directement et immédiatement.

— Battle, vous êtes admirable ! Me donnez-vous cette autorisation par astuce diabolique ou par sympathie personnelle ?

Battle sourit.

— Vous m'avez fait une impression favorable, Mr Cade. A l'encontre de certains de mes collègues, j'aime avoir à mes côtés un détective amateur. Surtout quand il a accès à une intimité où le policier, malgré son expérience, ne pourrait jamais pénétrer. Si vous pouvez m'aider dans cette affaire, tant mieux. Car c'est dans ce but, je suppose, que vous allez à Dinard ?

142

— Vous l'avez deviné. Mais il y a plusieurs questions qui me tourmentent particulièrement.

— Par exemple ?

— Qui succède au prince Michel comme héritier du trône ?

Le surintendent Battle eut un petit sourire sec.

— Tiens, vous y avez songé aussi ! C'est son cousin, le prince Nicolas Obolovitch.

— Et où se trouve-t-il en ce moment ? demanda Anthony en se détournant pour allumer une cigarette. Ne dites pas que vous ne savez pas, Battle, parce que je ne vous croirais pas.

— Nous avons des raisons de croire qu'il se trouve aux États-Unis. Du moins, il y était tout récemment. Et il avait réussi à y obtenir de l'argent.

Anthony poussa une exclamation d'étonnement. Puis, après avoir réfléchi quelques instants :

— Je crois comprendre la combinaison ! Michel était soutenu par les Anglais, Nicolas par les Américains. Dans ces deux pays, il y avait des financiers désireux d'obtenir les concessions sur les pétroles. Le parti royaliste a adopté pour candidat Michel. Maintenant qu'il est mort, ils doivent en chercher un autre. Nicolas a des espérances. Isaacstein et Lomax grincent des dents. Wall Street jubile.

— Pas mal, dit le surintendent Battle. Pas mal pour un détective amateur. Continuez dans le même esprit, Mr Cade !

Ce soir-là, au moment où Anthony, retiré dans la jolie chambre que lui avait destinée la maîtresse de maison, allait se coucher, on frappa à la porte et on ouvrit sans attendre la réponse. Un homme de haute taille, aux larges épaules, aux pommettes saillantes, aux yeux rêveurs et fanatiques, était debout sur le seuil.

— Qui diable êtes-vous ? demanda Anthony, stupéfait.

— Boris Anchoukoff.

— Le valet de chambre du prince Michel ?

— Oui. J'ai servi mon maître. Il est mort. Maintenant, c'est vous que je sers.

— Vous êtes bien bon, dit Anthony. Mais je n'ai pas
besoin d'un domestique.

— C'est vous maintenant qui êtes mon maître. Je
vous servirai fidèlement.

— Mais, voyons, comprenez-moi bien, mon ami,
il m'est impossible de vous prendre à mon service ; je
ne puis me payer le luxe d'engager un valet de chambre.

Boris le regarda avec un soupçon de mépris.

— Je ne vous demande pas d'argent. J'ai servi mon
maître, je vous servirai aussi. Jusqu'à la mort !

Il salua profondément Anthony et disparut aussi
soudainement qu'il était entré.

Anthony, sidéré, le regarda partir.

Incroyable ! murmura-t-il. Quel bouledogue que cet
homme ! Un grand chien fidèle. Un flair véritablement
canin !

Et, se déshabillant machinalement, il grommela :

— Voilà un serviteur gratuit qui, pour le moment,
risque plutôt de me desservir !

CHAPITRE XVII

AVENTURE NOCTURNE

L'enquête eut lieu le lendemain matin. Elle ne ressemblait pas le moins du monde aux enquêtes décrites dans les romans policiers. Elle omit si délicatement de poser la moindre question épineuse, que même Mr George Lomax en fut satisfait. Le surintendent Battle, le coroner et le chef constable travaillèrent avec une discrétion sans pareille.

Immédiatement après l'enquête, Anthony partit.

Son départ fut la seule éclaircie de la journée pour Bill Eversleigh. George Lomax, obsédé par la crainte d'une indiscrétion susceptible de nuire aux Affaires étrangères et d'entraver sa carrière, avait été insupportable. Toute la journée, Bill avait dû porter et rapporter d'interminables messages, déchiffrer des télégrammes et écouter les discours de son patron.

Samedi soir, quand il se coucha, il était exténué, sombre et révolté. Non seulement Lomax l'avait fait travailler toute la journée sans lui laisser la possibilité de parler à Virginie, mais cette dernière avait passé le plus clair de son temps à causer et à canoter avec ce quidam des colonies. Dieu merci, il était enfin parti, et lui, Bill, tâcherait demain de rattraper le temps perdu !

Sur cette pensée consolante, il s'endormit et rêva que

Virginie lui avait accordé sa main. Le mariage allait être célébré dans cinq minutes, mais — horreur! — il s'apercevait qu'il portait un pyjama! Il essayait de s'échapper pour changer de costume, mais Virginie le retenait par le bras et, le secouant de plus en plus fort, criait : « Bill, oh! Bill, réveillez-vous, levez-vous! »

Entr'ouvrant les yeux, Bill se rendit compte qu'il se trouvait dans sa chambre à coucher de Chimneys. Mais son rêve, en partie du moins, était vrai : Virginie penchée sur lui, répétait :

— Réveillez-vous, Bill! Pour l'amour de Dieu, réveillez-vous!

— Hein? Quoi? fit Bill en se redressant. Qu'est-ce qui se passe?

Virginie poussa un soupir de soulagement.

— Dieu merci! Je croyais que vous ne vous réveilleriez jamais! Bill, il se passe quelque chose d'extraordinaire!

— Quoi donc?

— Eh bien, comme un fait exprès, je ne pouvais pas m'endormir, et tout à coup, j'ai cru entendre au-dessous de ma chambre un glissement de pas et le bruit d'une porte qu'on ouvrait doucement. Je suis descendue et j'ai regardé par le trou de la serrure : ce que j'ai vu était si singulier que j'ai envie d'en voir davantage, mais je sens que j'aimerais auparavant avoir à mes côtés un brave garçon solide et vigoureux — vous, en un mot!

— Hum, dit Bill. Vous voulez donc que j'aille me battre avec ces brigands?

— Ce ne sont pas des brigands. Ce sont... Mais ne perdons pas de temps en paroles. Levez-vous vite, Bill! Plus vite que ça!

— Laissez-moi le temps au moins de mettre mes

146

souliers et une robe de chambre! Quel joli peignoir vous avez, Virginie!

— Ce n'est pas le moment de me faire la cour, Bill! Dépêchez-vous!

Bill saisit le tisonnier — arme menaçante — et tous deux se glissèrent dans le couloir et descendirent l'escalier.

— Chut! murmura Virginie. Qu'on ne nous entende pas dans la salle du Conseil. Bill, expliquez-moi pourquoi les voleurs enlèvent une à une les pièces de l'armure du mannequin.

— Probablement parce qu'ils ne peuvent pas l'emporter tel quel. Ils le disloquent pour l'emballer ensuite.

Virginie secoua la tête.

— Pourquoi voleraient-ils une vieille armure rouillée, quand Chimneys est plein de trésors beaucoup plus faciles à emporter, ne fût-ce que les tableaux?

— Combien sont-ils? demanda Bill, serrant son tisonnier dans son poing.

— Je n'ai pas pu le voir à travers le trou de la serrure. D'ailleurs, ils n'ont naturellement pas éclairé, ils n'avaient qu'une lampe de poche.

Bill et Virginie se glissèrent silencieusement le long du mur et s'arrêtèrent devant la porte de chêne massif. Ils n'entendirent rien, mais une lueur illumina soudain le trou de la serrure.

Bill s'agenouilla et appliqua son œil contre l'orifice. De vagues silhouettes, dont il distinguait à peine les contours, se dressaient près du mur sous le portrait de Holbein. Un instant encore, et elles disparurent de son champ visuel. Il entendit un léger bruit, comme si on frappait doucement contre la boiserie.

Bill se releva et chuchota :

— Écoutez-moi, Virginie. Nous ouvrirons la porte

aussi doucement que possible. Vous savez où est le commutateur ?

— Oui. A côté de la porte.

— Restez-y, la main sur le bouton. Moi, j'entrerai. Je crois qu'il n'y en a que deux. Un seul, peut-être. Impossible de distinguer, parce qu'ils ont dirigé la lumière sur l'endroit qui les intéresse, l'armure ou la boiserie, que sais-je, et qu'eux-mêmes sont dans l'obscurité. Quand je vous crierai : « Allez! » vous allumerez l'électricité. Compris ?

— Oui.

— Et, surtout, ne criez pas et ne vous évanouissez pas. Personne ne vous fera de mal, je m'en charge.

— Jeune héros! murmura Virginie.

Gonflé d'orgueil, Bill appuya doucement sur la poignée de la porte. Elle céda sans bruit. Bill sentait Virginie étroitement pressée contre lui. Ils entrèrent ensemble à pas de loup.

A l'autre bout de la salle, un rayon de lumière éclairait le portrait de Holbein. Silhouettée sur ce fond clair-obscur, apparaissait l'ombre d'un homme qui, debout sur sa chaise, leur tournait le dos. Il était en train de tapoter doucement le cadre du tableau.

A cet instant, Bill accrocha une chaise. L'homme se retourna brusquement, dirigeant sur eux la lanterne dont la lumière subite les aveugla.

Bill n'hésita pas.

— Allez! cria-t-il à Virginie.

Et il se lança sur l'homme, tandis que Virginie appuyait docilement sur le commutateur.

Mais au lieu d'être inondée de lumière, la salle resta dans l'obscurité. On n'entendit que le petit bruit sec du commutateur.

Bill poussa un juron formidable. L'instant d'après,

des halètements, des grognements, des râles remplirent l'air. La lanterne, tombée à terre, s'était éteinte. Virginie, sentait la lutte désespérée entre les deux hommes dans l'obscurité. Y en avait-il d'autres encore dans les ténèbres ? Que faire ? Désobéissant aux instructions de Bill, elles se mit à pousser des cris perçants.

Elle entendit des portes s'ouvrir au-dessus, et un rayon de lumière pénétrer du hall et de l'escalier. Si seulement Bill pouvait tenir jusqu'à ce qu'on lui vînt en aide !

Mais, tout à coup, terrifiée, elle entendit un fracas épouvantable. Ils avaient dû heurter une des armures, car elle s'écroula avec un tapage assourdissant. Virginie entrevit vaguement une silhouette s'élançant vers la fenêtre et entendit Bill pousser des jurons et se débarrasser des pièces de l'armure tombées sur lui.

Pour la première fois, elle quitta son poste et s'élança sauvagement à la poursuite du fuyard. Mais la fenêtre n'était pas fermée. L'intrus n'avait eu qu'à ouvrir la croisée sans le moindre effort et à sauter sur la terrasse. Elle sauta, elle aussi, et l'aperçut qui descendait au galop l'escalier. Elle galopa à sa suite. Jeune, sportive et entraînée, elle l'aurait peut-être rejoint si elle n'était tombée tout à coup dans les bras d'un homme sorti d'une petite porte du rez-de-chaussée. Il la retint énergiquement et ne la remit en liberté qu'après l'avoir reconnue.

— Diable ! s'écria-t-il. C'est Mrs Revel ! Je vous demande bien pardon ! Je vous prenais pour une criminelle voulant échapper à la justice !

C'était Mr Hiram Fish.

— Il vient de passer par là, s'exclama Virginie haletante. Tâchons de le rattraper !

Mais déjà elle savait que ce serait inutile. L'homme,

maintenant, avait disparu dans le parc et la nuit était noire comme l'enfer. Ils revinrent dans la salle du Conseil. Elle était vide. Sur le seuil se tenait lord Caterham, Chiffonnette et les domestiques effrayés.

— Que diable se passe-t-il ? demanda Chiffonnette. Des voleurs ? Que diable faites-vous là avec Mr Fish, Virginie ? Une promenade nocturne ?

Virginie conta brièvement ce qui venait de se passer.

— Ça devient passionnant ! fit Chiffonnette. Un assassinat et un vol la même semaine ! Mais pourquoi l'électricité ne fonctionne-t-elle pas ? Il n'y a de panne nulle part.

Ce mystère fut facilement expliqué. On avait tout simplement dévissé les lampes. Elles gisaient près du mur. Montant sur une échelle, Tredwell, majestueux même en pyjama, fit la lumière.

— Si je ne me trompe, dit de sa voix triste lord Caterham, en jetant un regard circulaire, cette salle a été le lieu d'une activité quelque peu violente.

En effet, le plancher était couvert de pièces d'armure disloquées, de chaises renversées et de débris de vases de porcelaine.

— Un seul, je crois, dit Virginie. Bien que...

Elle s'arrêta, se rappelant qu'elle avait cru entendre un vague bruissement quelque part dans la salle. Peut-être le deuxième s'était-il échappé par la porte ? Ou peut-être ce bruit avait-il été un résultat de son imagination surexcitée ?

Bill, pantelant, apparut à la fenêtre.

— Maudite canaille ! s'exclama-t-il, furieux. J'ai couru partout. Pas de trace du fuyard. Il a réussi à s'échapper.

— Ne vous tourmentez pas, Bill, dit Virginie. Vous aurez plus de chance la prochaine fois !

— Et que ferons-nous maintenant? demanda lord Caterham. Je crois qu'il ne nous reste qu'à nous coucher. A cette heure-ci, je ne vais pas faire venir la police! Tredwell, vous savez sûrement ce qu'il faut faire: veillez-y!

— Bien, mylord.

Avec un soupir de soulagement, lord Caterham battit en retraite.

— Il a de la chance, Isaacstein! soupira-t-il avec envie. Tout ce potin aurait dû le réveiller, mais non : il dort comme une marmotte! Et vous, Mr Fish, vous avez été réveillé en sursaut, comme nous tous?

Il jeta un regard sur l'Américain.

— Tiens, vous avez même pris le temps de vous vêtir!

— J'ai enfilé en hâte mes vêtements, répondit celui-ci.

— Vous avez bien fait! dit lord Caterham. J'ai horriblement froid dans mon pyjama. Je sens que je vais m'enrhumer.

Il bâilla. Et tous, à la suite de Sa Seigneurie, allèrent se coucher.

CHAPITRE XVIII

NOUVELLE AVENTURE NOCTURNE

Lorsque Anthony, le lendemain après-midi, descendit du train, la première personne qu'il aperçut sur le quai fut le surintendent Battle. Il éclata de rire.

— Je reviens comme convenu ! dit-il. Êtes-vous venu vous en assurer ?

Battle secoua la tête.

— J'ai confiance en vous, Mr Cade. Je suis là parce que je vais à Londres.

— Tiens ! Je me demande ce que vous allez y faire.

Le détective ne répondit pas.

— Vous êtes bon causeur, Battle, dit Anthony. Vous aimez bavarder ! C'est ce qui me plaît en vous.

L'ombre d'un sourire parut sur la physionomie impassible de Battle.

— Et vous-même, Mr Cade ? Avez-vous eu du succès à Dinard ?

— Aucun, Battle. Pour la deuxième fois, j'ai suivi une fausse piste. Décidément, je ne me distingue pas comme détective amateur !

— Quel était votre but, sir, sans indiscrétion ?

— Je soupçonnais la gouvernante française, Battle. Primo, parce que j'avais aperçu sa fenêtre illuminée la nuit du crime ; secundo, parce que j'avais vu un Français suspect espionner Chimneys. Vous l'avez déjà repéré, je suppose ?

— L'homme qui se fait appeler Mr Chelles ? Et qui est descendu à l'auberge des « Joueurs de cricket » ? Un représentant en soieries ?

— Ce doit être lui, en effet. Qu'en pense Scotland Yard ?

— Il a certainement agi de façon à éveiller les soupçons, répondit Battle, impassible.

— Et quels soupçons ! J'ai donc supposé que la gouvernante française secrètement alliée à ce compatriote, et après avoir appris de lady Eileen qu'elle n'avait engagé Mlle Brun qu'il y a deux mois, je me suis rendu chez son ancienne employeuse, la comtesse de Breteuil. Mais j'ai eu tort, Battle. Au lieu d'apprendre, comme je m'y attendais, qu'une demoiselle Brun n'avait jamais existé, je me suis laissé dire qu'elle avait été la main droite de la comtesse pendant dix ans. Je dois avouer que mes soupçons avaient déjà diminué de beaucoup lors de ma rencontre personnelle avec cette digne pédagogue. Elle a le type de la gouvernante !

Battle hocha la tête.

— Cela ne prouve rien, Mr Cade. Les femmes peuvent entièrement changer d'allure grâce à un maquillage habile. J'ai vu un jour une jolie fille teindre ses cheveux, se faire un fond de teint livide, rougir légèrement ses paupières et mettre des vêtements démodés : neuf sur dix de ses connaissances ne l'auraient pas reconnue. Les hommes ont la tâche plus difficile. Mais on peut changer la ligne des sourcils, et puis il y a les fausses dents qui transforment entièrement l'expression. Néanmoins, il reste les oreilles... Impossible de changer les oreilles, Mr Cade !

— Ne regardez donc pas les miennes, Battle! Vous me faites peur!

— Je ne parle pas des fausses barbes et du maquillage vulgaire, continua le surintendent. C'est bon pour les romans! Il y a bien peu d'hommes qui aient réellement le génie du déguisement. Un d'eux est le roi Victor. Connaissez-vous le roi Victor, Mr Cade?

Cette question fut posée avec tant de soudaineté et de brutalité qu'Anthony retint les mots qui lui montaient aux lèvres et, après avoir réfléchi un instant, dit lentement :

— Le roi Victor? Oui, je crois avoir entendu ce nom.

— Un des plus célèbres voleurs de bijoux dans le monde. De père irlandais et de mère française. Parle au moins cinq langues. A fait sept ans de prison, mais en est sorti, il y a quelques mois.

— Et où est-il maintenant?

— C'est ce que nous aimerions savoir, Mr Cade!

— Peut-être nous fera-t-il l'honneur de surgir ici! Mais s'il ne s'intéresse qu'aux bijoux, des Mémoires politiques ne l'attireront pas!

— On ne sait jamais, Mr Cade. Peut-être est-il déjà là.

— Déguisé en laquais? Bravo! Vous le reconnaîtrez grâce à ses oreilles et vous vous couvrirez de gloire!

— Pas facile, Mr Cade, de découvrir l'identité d'un homme! A propos, que pensez-vous de l'affaire de Staines?

— Staines? Que s'est-il passé à Staines?

— C'était relaté dans les journaux. Vous l'avez peut-être lu. On a trouvé dans un fossé le cadavre d'un homme tué par une balle de revolver.

— Ce n'est pas un suicide?

— Non. L'arme n'y était plus. Jusqu'à présent, on n'a pas encore identifié la victime.

— Cette affaire semble vous intéresser. Se rattache-t-elle à l'assassinat du prince Michel?

Anthony souriait calmement. Le regard du surintendent Battle était rivé à lui.

— J'espère que non, dit Battle. C'est une véritable épidémie!

Le train de Londres entra en gare et le surintendent appela un porteur. Avec un soupir de soulagement, Anthony s'éloigna.

Pensif, il traversa le parc de Chimneys et prit un sentier de traverse pour s'approcher de la maison du même côté que lors de la fameuse nuit de jeudi. Les yeux fixés sur les fenêtres du premier étage, il s'aperçut qu'au loin de la maison il y avait un petit renfoncement percé d'une fenêtre; de l'endroit où il était, cette fenêtre-là était la dernière à l'extrémité de la façade; celle immédiatement au-dessus de la salle du Conseil était l'avant-dernière, et celle de Mlle Brun n'était plus que l'avant avant-dernière. Mais il suffisait de faire quelques pas à droite pour que le renfoncement devînt invisible et que l'on comptât la fenêtre de la gouvernante comme l'avant-dernière. Où se trouvait-il donc exactement quand la fenêtre avait été éclairée?

Il essaya de s'en souvenir, mais c'était impossible. La différence était insignifiante! Quoi qu'il en fût, il était fort possible que la fenêtre qu'il avait vue illuminée fût non pas celle de Mlle Brun, mais celle de son voisin. Qui était-il? Anthony décida de l'apprendre au plus tôt. La chance lui sourit, car le premier qu'il rencontra dans le hall fut Tredwell. Il y était seul.

— Bonjour, Tredwell, dit Anthony. Pourriez vous me dire une chose? Qui occupe la troisième chambre au premier étage, en comptant à partir de l'extrémité de la façade, au-dessus de la salle du Conseil?

Tredwell réfléchit quelques instants.

— C'est le gentleman américain, sir, Mr Fish.

— Ah! Merci, Tredwell!

— De rien, sir.

Tredwell s'apprêta à sortir, mais pausant un instant (car le désir d'être le premier à raconter une nouvelle rend humains même les maîtres d'hôtel majestueux) :

— Avez-vous entendu parler, sir, de ce qui s'est passé cette nuit?

— Mais non! Que s'est-il passé?

— Une tentative de vol, sir!

— Pas possible! A-t-on emporté quelque chose?

— Heureusement non, sir! Les voleurs étaient en train d'enlever une à une les pièces de l'armure du mannequin dans la salle du Conseil quand ils ont été surpris en flagrant délit. Mais ils ont réussi à s'échapper.

— De nouveau la salle du Conseil! Et comment y sont-ils entrés?

— On pense qu'ils ont forcé la fenêtre, sir.

Content d'avoir intéressé Anthony, Tredwell s'apprêta de nouveau à sortir, mais heurta de front Mr Isaacstein.

— Je vous demande pardon, sir! Je ne vous avais pas vu entrer.

— Il n'y a pas de mal, mon brave! Il n'y a pas de mal!

Tredwell se retira, avec une expression de mépris souverain pour ce parvenu qui l'appelait « mon brave ». Isaacstein se laissa tomber dans un fauteuil.

— Tiens, Cade, vous revoilà! On vous a déjà dit ce qui s'est passé?

— Un week-end excitant, n'est-ce pas?

— Trop excitant, même. Pourquoi nous retient-on encore ici? L'enquête est terminée depuis hier. Le cadavre du prince sera transporté ce soir à Londres, où l'on annoncera qu'il est mort d'une crise cardiaque. Et cependant, on ne nous laisse pas encore partir. Mr Lomax n'en sait pas plus long que moi. Il me dit de m'adresser au surintendent Battle.

— Battle doit avoir un plan, dit Anthony, pensif. Et ce plan exige notre présence à tous.

— Mais vous-même, Mr Cade, vous venez de faire un voyage!

— Avec un fil à la patte! Je suis certain d'avoir été filé de la première à la dernière minute. Si j'avais été le coupable et si j'avais eu à me débarrasser du revolver, je n'en aurais pas eu la possibilité.

— Ah! oui, le revolver, dit Isaacstein. On ne l'a pas retrouvé, je crois?

— Pas encore.

— Peut-être le meurtrier, en s'enfuyant, l'a-t-il jeté dans le lac?

— C'est possible.

— Où est le surintendent Battle? J'aimerais lui parler!

— Je viens de le rencontrer à la gare. Il est allé à Londres.

— Vraiment?

Le ton d'Isaacstein était presque menaçant.

— Et quand revient-il?

— Demain matin, je crois.

Virginie entra en compagnie de lord Caterham et de Mr Fish. Elle sourit à Anthony.

— Vous revoilà, Mr Cade! Vous a-t-on déjà conté notre aventure nocturne?

— Figurez-vous, Mr Cade, dit Hiram Fish, que j'ai pris Mrs Revel pour un des coupables!

— Et pendant ce temps, le coupable...

— A pris la poudre d'escampette, termina tristement Mr Fish.

Après le thé, Virginie et Anthony, en compagnie de Bill, qui luttait vaillamment contre ce qu'il appelait à part lui « l'invasion coloniale », descendirent vers le lac et, une fois de plus, décidèrent que pour parler confidentiellement, on était le mieux sur l'eau, loin des rivages.

Bill et Virginie contèrent en détail leur aventure à Anthony Cade.

— Singulière affaire, opina celui-ci. Qu'en pensez-vous, Mrs Revel ?

— Je pense, répondit-elle vivement, que ce n'étaient sûrement pas des voleurs! Du moins pas des voleurs ordinaires! Ils cherchaient quelque chose qu'ils croyaient caché sous l'armure du mannequin. Mais pourquoi frapper contre la boiserie? Y aurait-il un escalier secret? Je vais le demander à lord Caterham!

— Ce n'était sûrement pas les Mémoires qu'ils cherchaient, dit Anthony. C'est un énorme paquet impossible à dissimuler aussi facilement. Ce doit être un objet plus petit.

— George doit le savoir, murmura Virginie. Je me demande si je peux le lui extorquer! J'ai toujours senti qu'il y avait dans cette affaire des dessous qu'on nous cachait.

— Vous dites qu'il n'y a qu'un seul homme, poursuivit Anthony; néanmoins, il y en avait peut-être un deuxième, puisque vous avez cru entendre un bruissement près de la porte au moment où vous vous élanciez vers la fenêtre.

— Je n'en jurerais pas. C'était peut-être mon imagination.

— Peut-être, et peut-être pas. Dans le deuxième cas, cette autre personne doit demeurer dans la maison. Il y a une chose qui m'étonne...

— Laquelle?

— La rapidité avec laquelle Mr Hiram Fish revêt son complet avec col, cravate, etc., au moment où les autres, entendant crier au secours, accourent en pyjama et en robe de chambre!

— J'y ai déjà pensé, fit Virginie. Et Mr Isaacstein qui dort comme une marmotte sans entendre tout ce tapage? N'est-ce pas suspect?

— Il y a peut-être du Herzoslovaque là-dedans, dit Bill. Ce serviteur du prince Michel a l'air d'un vrai brigand!

— Chimneys regorge de gens suspects! déclara Virginie. Les autres probablement, en disent tout autant que nous! Je regrette que le surintendent Battle soit allé à Londres. Je trouve cela stupide de sa part. A propos, Mr Cade, j'ai vu une ou deux fois ce Français qui demeure à l'auberge rôder autour du parc.

— C'est une véritable course aux obstacles! soupira Anthony. On en rencontre chaque fois de nouveaux. Moi-même, je viens de faire une démarche vaine. Je me suis de nouveau fourvoyé! Actuellement, voilà ce que je voudrais savoir : les voleurs ont-ils trouvé cette nuit ce qu'ils cherchaient?

— Sûrement pas!

— Dans ce cas, je suis certain qu'ils reviendront! Ils savent, ou sauront bientôt, que Battle est à Londres. Ils courront le risque de revenir cette nuit.

— Vous croyez?

— Je l'espère. En tout cas, formons à nous trois un

petit syndicat. Eversleigh et moi, nous nous cacherons avec toutes les précautions nécessaires, dans la salle du Conseil...

— Et moi ? interrompit Virginie.

— Ce n'est pas un travail de femme, déclara Bill. Soyez sage, Virginie, et...

— Ne soyez pas idiot, Bill. Je ne suis jamais sage. Je fais partie du syndicat, moi aussi. Un point, c'est tout.

Après avoir établi leur plan, les membres du nouveau syndicat retournèrent dans le château. Lorsque toute la maisonnée se fut couchée, ils sortirent sans bruit de leurs chambres et se glissèrent vers la salle du Conseil, armés de lanternes électriques. Anthony, lui, avait un revolver.

Il était certain, pour sa part, qu'on entrerait non pas par la fenêtre, mais par la porte, et que Virginie, la veille, ne s'était pas trompée en supposant qu'un des voleurs demeurait dans la maison. C'est pourquoi, tapi dans une encoignure, caché par un vieux bahut, il tenait les yeux fixés sur la porte. Virginie était accroupie derrière un mannequin figurant un chevalier des Croisades, et Bill à côté de la fenêtre.

Les minutes passaient, interminables. Une heure sonna, puis une heure et demie, deux heures, deux et demie. Les trois conspirateurs, engourdis, en venaient à conclure qu'ils s'étaient trompés et que les malfaiteurs n'oseraient pas reparaître.

Tout à coup, Anthony se raidit : il avait entendu des pas sur la terrasse. Un craquement léger, un grattement à la poignée de la fenêtre. Cette dernière s'ouvrit. Un homme l'enjamba et entra.

Il resta immobile quelques instants, comme pour s'assurer que tout était en ordre. Puis, satisfait, il alluma sa lanterne électrique et s'approcha de la boiserie, à l'endroit même qu'il avait examiné la veille.

Soudain Bill, accroupi dans son coin, eut conscience d'une chose épouvantable : il allait éternuer! La course nocturne de la veille à travers le parc humide lui avait donné le rhume. Il avait déjà éternué toute la journée. Il éternuerait maintenant. Rien au monde ne l'empêcherait d'éternuer.

Faisant des efforts tragiques, Bill mordit sa lèvre supérieure, avala sa salive, rejeta la tête en arrière et regarda le plafond. Finalement, il saisit son nez entre les doigts et le pinça de toutes ses forces. En vain. Il éternua.

Un éternuement étouffé, étranglé, mais qui résonna distinctement dans le silence de mort.

L'étranger bondit, mais au même instant Anthony, allumant avec une rapidité d'éclair sa lanterne électrique, se rua sur lui. Tous deux roulèrent par terre.

— De la lumière! cria Anthony.

Virginie tourna le commutateur. Cette fois, on n'avait pas enlevé les lampes. La salle fut inondée de clarté. Anthony, haletant, maintenait sa victime au-dessous de lui. Bill s'élança pour lui prêter secours.

— Et maintenant, dit Anthony, voyons un peu qui vous êtes, mon garçon!

C'était l'étranger de l'auberge des « Joueurs de cricket ».

— Bien travaillé, dit une voix paisible.

Ils se retournèrent tous, stupéfaits. L'épaisse silhouette du surintendent Battle se dressait sur le seuil.

— Je vous croyais à Londres, surintendent! dit Anthony.

Battle cligna de l'œil.

— Vraiment, sir? Je me disais précisément qu'il serait bon qu'on me crût à Londres!

— Vous avez eu raison, dit Anthony en considérant son ennemi étendu sur le parquet.

A sa surprise, il vit un sourire sur le visage du Français.

— Puis-je me lever, messieurs? demanda-t-il. Vous êtes trois contre un.

Anthony l'aida avec indulgence à se remettre sur pied. L'étranger boutonna son veston, remit son col en place et regarda Battle.

— Pardon, messieurs, dit-il, mais j'ai cru comprendre que vous étiez le représentant de Scotland Yard?

— C'est exact.

— Dans ce cas, permettez-moi de vous remettre mes lettres de créance. J'aurais été mieux inspiré de le faire avant.

Il tira de sa poche plusieurs papiers qu'il remit au détective de Scotland Yard. En même temps, il lui montra un insigne épinglé au revers de son veston.

Battle poussa une exclamation d'étonnement. Puis, après avoir soigneusement plié les papiers, il les rendit à l'étranger en s'inclinant poliment.

— Je regrette, monsieur, que vous ayez été... hum... boxé, mais avouez que c'est de votre propre faute!

Et comme les autres les regardaient, ahuris, il expliqua en souriant :

— Je vous présente un collègue que j'attends déjà depuis quelque temps. M. Lemoine, de la Sûreté.

CHAPITRE XIX

Virginie se tourna vers Battle.

— Savez-vous ce que je pense, surintendent Battle ?

— Que pensez-vous, Mrs Revel ?

— Je pense que le temps est venu de nous éclairer un peu.

— Vous éclairer ? Je ne comprends pas très bien, Mrs Revel.

— Si, vous comprenez parfaitement, mon cher surintendent ! Je sais que Mr Lomax vous a fait jurer le secret — c'est ce que mon brave cousin fait toujours — mais il vaut vraiment mieux nous expliquer les faits que nous laisser les découvrir par nous-mêmes et intervenir maladroitement dans votre jeu. Monsieur Lemoine, n'êtes-vous pas de mon avis ?

— Entièrement, madame ! déclara le Français en s'inclinant.

— Dans certaines circonstances, il est nettement impossible de garder un strict secret, je l'ai dit à Mr Lomax, dit Battle. D'ailleurs, Mr Eversleigh est le secrétaire de Mr Lomax et peut tout savoir. Quant à Mr Cade, il a été entraîné malgré lui dans cette affaire, et j'estime qu'il a le droit d'apprendre la vérité. Mais...

Virginie sourit.

— Les femmes sont si indiscrètes, n'est-ce pas ? C'est mon cousin George qui vous l'a dit ?

Lemoine avait observé attentivement Virginie.

— Madame, si je ne me trompe, porte le nom de Revel ?

— Parfaitement.

— Votre mari était chargé d'affaires à la légation d'Angleterre en Herzoslovaquie ?

— Oui, c'est cela.

— Et vous étiez à Ekarest avec lui, avant l'assassinat du roi et de la reine ?

— En effet.

Lemoine se tourna vers son collègue de Scotland Yard.

— Je crois que madame a le droit de tout entendre. D'ailleurs, cette affaire la concerne indirectement. Et puis — il cligna légèrement de l'œil — madame a la réputation, dans les milieux diplomatiques, d'être très discrète.

Virginie se mit à rire.

— J'espère pouvoir justifier mon renom !

— Où la conférence aura-t-elle lieu ? demanda Anthony. Ici ?

— Oui, je préfère ne pas quitter cette pièce jusqu'à l'aube, dit le surintendent. Vous comprendrez pourquoi quand vous aurez entendu l'histoire.

Bill et Anthony se rendirent au garde-manger et en rapportèrent un plateau chargé de siphons, de bouteilles, de verres et de sandwiches.

Le syndicat, qui comptait maintenant cinq membres, s'installa confortablement autour d'une grande table en chêne.

— Il va de soi, commença Battle, que tout notre entretien sera strictement confidentiel. Mais il était impossible de garder ce secret pour nous seuls, je l'ai toujours dit à Mr Lomax. L'affaire a commencé il y a sept ans. L'Angleterre était sur le point de s'entendre sur divers points avec la Herzoslovaquie, avec l'aide, naturellement, du comte Stylpitch. Le roi et la reine de Herzoslovaquie, séjournant en Angleterre, furent invités à passer un week-end à Chimneys. C'est alors que disparut un objet extrêmement précieux; pour expliquer cette disparition incroyable, il faut admettre *a priori* deux choses : premièrement, que le voleur était un personnage royal; deuxièmement, qu'il était un professionnel des plus adroits. M. Lemoine vous expliquera comment les deux sont possibles.

Le Français s'inclina et reprit le fil du récit :

— En Angleterre, la plupart des gens n'ont même pas entendu parler du fameux roi Victor. Nul ne connaît son vrai nom, mais tous en France savent que c'est un voleur de bijoux d'une audace et d'une habileté inouïes, passé maître dans l'art du déguisement, linguiste accompli, né de père anglais ou irlandais, mais travaillant presque toujours à Paris. Il y a huit ans, il y exécuta une série de vols sensationnels sous le nom et le déguisement de capitaine O'Neill.

Virginie poussa une exclamation involontaire. M. Lemoine lui lança un regard compréhensif.

— Je crois savoir ce qui a ému madame! Ce capitaine O'Neill, dont elle doit déjà avoir entendu prononcer le nom, n'était autre que le roi Victor; la Sûreté le savait, mais n'en avait aucune preuve. Elle se doutait que Victor O'Neill avait une complice habile en la personne d'une jeune comédienne des Folies-Bergère, Angèle Mory, mais tous deux travaillaient si adroitement qu'il était impossible de prouver quoi que ce soit.

« A ce moment, Paris se préparait à accueillir le jeune roi de Herzoslovaquie, Nicolas IV. La Sûreté, chargée de veiller sur lui, avait pris des mesures contre les attentats éventuels de l'organisation révolutionnaire dite « La Main Rouge ». Les camarades de la Main Rouge, sûrs de ne pouvoir approcher eux-mêmes le roi, ont promis à Angèle Mory — nous ne l'avons, hélas! appris que plus tard — une très grosse somme, en la chargeant de séduire le roi et de l'entraîner dans un guet-apens. Angèle Mory se laissa soudoyer et promit à son tour aux camarades tout ce qu'ils voulurent.

« Mais, en réalité, cette jeune femme était beaucoup plus maligne et ambitieuse qu'ils ne s'en doutaient. Elle réussit à séduire le roi, qui s'éprit follement d'elle et l'inonda de bijoux. C'est alors qu'elle conçut l'idée de devenir non pas une favorite, mais une reine! Comme le monde entier le sait, ce projet fantastique réussit. On la présenta à la Cour sous le nom de comtesse Popoleffsky, descendante d'une famille royale, et quelques mois plus tard elle devint la reine Varaga. Pas mal pour une petite actrice! J'ai toujours entendu dire qu'elle jouait ce rôle admirablement. Mais ni le peuple ni les révolutionnaires ne l'entendaient de cette oreille. Furieux d'avoir été trahis, les camarades de la Main Rouge attentèrent deux fois à sa vie. Finalement, la révolution éclata, et elle fut assassinée en même temps que le roi. Leurs corps, mutilés et méconnaissables, furent trouvés dans le palais.

« Mais une chose paraît certaine : c'est qu'au cours de ces brèves années de royauté, la reine Varaga, ci-devant Angèle Mory, était demeurée en rapport avec son ancien ami, le roi Victor — souveraineté d'un tout autre genre! Elle correspondait avec lui par messages chiffrés. Pour s'assurer l'impunité, elle écrivait ses lettres en anglais, et les signait du nom d'une dame de la légation anglaise. Si on avait découvert les lettres et si la dame en question avait démenti sa signature, on ne l'aurait pas crue, car ses messages étaient, extérieurement, des lettres d'amour adressées au capitaine O'Neill. C'est votre nom, Mrs Revel, qu'on trouve au bas de ces missives. »

— Je sais, dit Virginie, qui avait tour à tour rougi et pâli en écoutant ce récit. Voilà donc l'explication de l'énigme! Depuis qu'on m'a montré ces lettres, je l'ai cherchée en vain.

— Quelle infamie! s'écria Bill, indigné.

— Le vrai but de ces lettres, déclara le surintendent Battle, était de fournir au roi Victor des bijoux à bon compte. Après l'assassinat du roi et de la reine, on découvrit que la plupart des joyaux de la couronne avaient été remplacés par des imitations. Maintenant, vous comprendrez comment un personnage royal peut être en même temps un voleur expert. Nicolas IV et la reine Varaga passèrent le week-end chez le défunt marquis de Caterham, alors ministre des Affaires étrangères. La veille de leur départ pour Chimneys, on constata la disparition de... hum... d'un objet très précieux, gardé dans un palais de Londres. Il était remplacé par une imitation, merveilleuse en vérité, et telle que l'auteur ne pouvait en être que le roi Victor. Naturellement, l'affaire fut étouffée, mais Scotland Yard ne chôma pas; il organisa une surveillance si serrée qu'il fut absolument impossible à Sa Majesté la Reine de remettre le joyau à son complice ou de l'emporter en Herzoslovaquie. Varaga-Angèle a dû le cacher à Chimneys, et je ne serais pas étonné — le surintendent Battle jeta un regard autour de lui — qu'il se trouve quelque part dans cette pièce.

— Quoi ? Après tant d'années ? s'exclama Anthony, incrédule.

— Mais oui, monsieur, fit Lemoine, puisque les souverains de Herzoslovaquie ont été assassinés trois semaines après, et qu'en même temps la Sûreté a réussi à mettre la main sur O'Neill et à le faire condamner à sept ans de prison pour une affaire de moindre envergure. Nous espérions trouver chez lui les lettres chiffrées, mais elles avaient été emportées par un Herzoslovaque qui servait de postillon à la reine. Cet homme s'était vanté devant plusieurs personnes de posséder ces précieux messages, et nous l'avons fait rechercher longtemps, mais sans succès.

— Je crois que vous l'auriez trouvé, dit Anthony, si vous aviez cherché en Afrique. Il gardait précieusement le paquet de lettres, comme une mine d'or qu'il se réservait d'exploiter en cas de nécessité. Mais il est mort de la malaria avant de pouvoir le faire. Ne me regardez pas de cette façon, messieurs : je ne suis pas voyant. Je vous expliquerai après comment je suis au courant.

— Une chose, encore, reste inexpliquée, dit Virginie. Les Mémoires. Il doit y avoir un lien entre le manuscrit et toute cette affaire ?

— Bien entendu, madame ! dit Lemoine. Le comte Stylpitch accompagnait Leurs Majestés lors de leur séjour en Angleterre ; il était donc parfaitement au courant de cette affaire, et il peut en avoir parlé dans ses réminiscences.

— Savait-il, demanda Anthony, où la reine avait caché le joyau ?

— Je ne le crois guère ! Il la détestait cordialement et avait tout fait pour empêcher cette mésalliance. Elle ne lui a sûrement pas fait de confidences !

— Mais peut-être, persista Anyhony, l'a-t-il découvert de son côté. C'était un homme si rusé! Dans ce cas, qu'aurait-il fait, selon vous?

— Gardé la chose pour lui, fit Battle, car rendre la pierre anonymement eût été trop difficile. D'ailleurs, le fait même de savoir où elle se trouvait lui donnait un pouvoir énorme — et cet homme aimait par-dessus tout le pouvoir! Il en jouissait en artiste. D'ailleurs, il possédait une des plus belles collections de secrets scandaleux au monde. Il les collectionnait comme d'autres collectionnent des timbres. Il s'en est vanté plus d'une fois. De là l'épouvante générale à l'annonce de la publication de ses Mémoires!

— La police française, ajouta Lemoine, avait l'intention de s'en saisir, mais le comte prit la précaution de les expédier ailleurs avant sa mort. Néanmoins, je ne vois pas pour quelle raison vous croyez qu'il connaissait ce secret-là.

— Il l'a dit lui-même, répliqua Anthony calmement.

— Quoi?

Les deux détectives le fixèrent, stupéfaits.

— Quand Mr McGrath me remit ce manuscrit pour le porter aux éditeurs, il me conta les circonstances dans lesquelles il avait connu le comte Stylpitch. C'était à Paris, la nuit, dans une rue déserte. Le comte avait été attaqué par une bande d'apaches, et Mr McGrath l'a tiré de leurs griffes. Le comte, un peu gris ce soir-là, et d'ailleurs un peu abruti par les coups reçus, a murmuré, comme dans le délire, deux remarques auxquelles mon ami n'a pas prêté grande attention. Il a dit d'abord qu'il savait où se trouvait le Koh-i-Noor, et ensuite que ses assaillants étaient des complices du roi Victor. Après tout ce que je viens d'apprendre, ces deux remarques me paraissent fort significatives.

— Grand Dieu! s'exclama le surintendent Battle.

Même le meurtre du prince Michel prend un tout autre aspect !

— N'oubliez pas, lui rappela le Français, que le roi Victor n'a jamais tué.

— Et s'il a été surpris à l'improviste par le prince, au moment où il cherchait le joyau ?

— Vous l'avez donc laissé filer en Angleterre, monsieur ? dit Anthony avec reproche au détective de la Sûreté.

— Hélas ! monsieur, nous l'avons fait surveiller mais il nous a glissé entre les doigts, la canaille ! Et savez-vous où il est allé d'abord ?

— Où ?

— En Amérique, monsieur ! Aux États-Unis ! Et il y a joué le rôle du prince Nicolas de Herzoslovaquie !

— Quoi ! s'exclamèrent en même temps Anthony et Battle.

— Ma parole ! C'était un bluff phénoménal. Le prince Nicolas étant mort au Congo il y a plusieurs années, le roi Victor en profite pour se proclamer successeur du trône et réussit à obtenir, comme acompte des futures concessions sur les pétroles, pas mal de dollars américains. Mais au dernier moment, grâce à un pur hasard, on le démasque, et il file en Angleterre, où il se trouve maintenant. C'est pourquoi je suis ici. Tôt ou tard, il viendra à Chimneys. S'il n'y est pas déjà !

— Hum ! dit Battle. La tentative de la nuit dernière...

— Ah ! oui. Je vous donnerai des explications à ce sujet.

— Et pourquoi, demande le surintendent, n'avez-vous pas communiqué plus tôt avec moi, mon cher confrère ? On m'a écrit de la Sûreté il y a déjà plusieurs jours que M. Lemoine était parti pour travailler avec

170

moi, et je ne comprenais pas pourquoi il n'apparaissait pas !

— Je vous dois mes excuses, admit Lemoine. Comprenez-moi : je suis arrivé le lendemain de l'assassinat. Je me suis dit qu'il vaudrait peut-être mieux pour moi, dans ces circonstances, enquêter isolément sans me poser comme un personnage officiel. Je savais que je me rendrais suspect, mais c'était un moyen de plus de ne pas mettre les autres sur leurs gardes. Je vous assure que j'ai vu bien des choses intéressantes ces derniers jours.

— Mais en somme, demanda Bill, que s'est-il passé la nuit dernière ?

— Je vous ai fait faire de l'exercice, cher monsieur !

— Comment ? C'était vous ?

— Oui. Je montais la garde, convaincu que le secret se rattachait à cette pièce, puisque c'est là que le prince avait été tué. J'étais sur la terrasse. Tout à coup, j'ai entendu un glissement de pas à l'intérieur, et j'ai vu la lueur d'une lanterne. J'ai ouvert sans bruit la fenêtre, qui n'était pas verrouillée, et j'ai réussi à me glisser dans la pièce et à me cacher dans une encoignure. Je ne voyais pas l'homme, car il me tournait le dos, mais j'observais tous ses gestes. Il a commencé par enlever une à une les pièces de l'armure du mannequin, en les examinant soigneusement. Ensuite, il a inspecté les toiles et les cadres. Puis il s'est mis à frapper doucement sur la boiserie. A cet instant, vous avez fait irruption...

— Nous avions de bonnes intentions, dit Virginie, pensive, mais, au fond, nous avons tout gâché !

— Hélas ! oui, madame. L'homme a allumé sa lanterne, et comme je ne tenais pas à révéler mon identité, je me suis sauvé par la fenêtre. Mr Eversleigh, me prenant pour son agresseur, a couru après moi.

— Moi aussi, dit Virginie. J'ai même été la première à vous poursuivre.

— Et l'autre a eu le bon sens de rester coi et de se glisser silencieusement par la porte. Comment n'a-t-il pas rencontré lord Caterham et les autres ?

— S'il les avait rencontrés, il leur aurait simplement déclaré qu'il était descendu, lui aussi, pour voir ce qui se passait !

— Vous croyez vraiment, demanda Bill, que cet Arsène Lupin est dans la maison ?

— Pourquoi pas ? dit Lemoine. Il se fait peut-être passer pour un domestique !

— Ce Boris Anchoukoff, avec sa face de bandit... dit Bill.

— Vous l'avez pris à votre service, n'est-ce pas, Mr Cade ? demanda Battle.

— Chapeau bas, Battle ! Vous savez tout. Mais, à vrai dire, ce n'est pas moi qui l'ai pris à mon service, c'est lui qui m'a pris comme maître.

— Et pourquoi cela, Mr Cade ?

— Ma foi, je n'en sais rien ! Peut-être mon visage lui plaît-il ? Drôle de goût ! Ou peut-être croit-il que c'est moi qui ai tué son maître et veut-il être bien placé pour exécuter sa vengeance ?

Il se leva et s'approcha de la fenêtre.

— L'aube, dit-il avec un léger bâillement. Plus rien à attendre.

Lemoine se leva aussi.

— Je vous laisse, dit-il. Nous nous reverrons peut-être dans la journée.

Après s'être courtoisement incliné devant Virginie, il enjamba la fenêtre.

— Au lit ! dit Virginie en bâillant. C'était passionnant, mais maintenant il est temps de dormir! Allons, Bill, couchez-vous comme un petit garçon sage.

Anthony, debout à la fenêtre, suivait des yeux la silhouette de M. Lemoine.

— On ne le dirait pas, remarqua Battle, mais c'est le détective le plus intelligent de France!

— Si, on le dirait! répliqua Anthony. Il vous a de ces intonations!

— Je lui demanderai peut-être conseil au sujet d'une autre affaire. Vous souvenez-vous de cet homme qu'on a trouvé dans un fossé, sur la route de Staines?

— Oui. Et alors?

— On l'a identifié, c'est tout. Il s'appelait Giuseppe Manuelli, et il était domestique au *Ritz,* à Londres. Curieux, n'est-ce pas?

CHAPITRE XX

Anthony ne dit rien. Il continua à regarder par la fenêtre. Le surintendent Battle contempla pendant quelques instants son dos immobile.

— Allons, bonne nuit, sir, dit-il finalement.

Et il se dirigea vers la porte.

Anthony se retourna.

— Un instant, Battle!

Le surintendent s'arrêta docilement. Anthony quitta la fenêtre. Il tira une cigarette de son étui et l'alluma. Puis, entre deux aspirations, il dit :

— Cette affaire de Staines vous intéresse?

— Elle me paraît singulière.

— Croyez-vous que cet homme a été tué à l'endroit où il a été trouvé?

— Non. Je crois qu'il a été tué ailleurs et qu'on a apporté son cadavre en voiture.

— Je le crois aussi! dit Anthony.

Le détective le regarda fixement.

— On dirait que vous en êtes sûr! Savez-vous, par hasard, qui l'y a apporté?

— Oui, dit Anthony. C'est moi.

Le calme de Battle l'agaça un peu.

— Vous n'en paraissez pas autrement ému, Battle!

— « Ne manifestez jamais d'émotion », m'a-t-on dit une fois dans ma jeunesse ; je me suis toujours appliqué à suivre cette règle.

— Et vous y avez admirablement réussi ! Quoi qu'il en soit, voulez-vous entendre toute l'histoire ?

— Je vous en prie !

Les deux hommes s'assirent, et Anthony conta en détail tout ce qui s'était passé le jeudi soir.

Quand il termina, l'ombre d'un sourire passa sur la physionomie de Battle.

— Un de ces jours, Mr Cade, dit-il, vous n'en mènerez pas large !

— Alors pour la deuxième fois, vous me ferez la grâce de passer outre ?

— Mon principe est de laisser de la corde... dit Battle.

— Aux condamnés, termina Anthony. Délicate attention de votre part, Battle !

— Mais pourquoi, sir, avez-vous fini par me confesser cela ? demanda Battle.

— C'est que j'ai une très haute opinion de vos capacités, surintendent. Quand le moment vient, vous êtes là. Comme cette nuit. Ayant appris l'identité du cadavre, vous auriez pu retrouver la piste. J'ai préféré vous dire moi-même, d'autant plus que, grâce aux révélations de M. Lemoine, Mrs Revel est enfin au-dessus de tout soupçon. Maintenant qu'il est définitivement prouvé que ces lettres n'ont aucun rapport avec elle, toute idée de complicité devient absurde. Peut-être ai-je eu tort de ne pas lui faire appeler la police, mais j'ai pensé que personne ne croirait qu'elle avait donné de l'argent à un maître chanteur par pur caprice. Et pourtant, c'est un fait.

— Que voulez-vous, dit Battle, les jurés n'ont pas d'imagination.

— Mais vous-même? dit Anthony en le regardant avec curiosité. Vous ne paraissez pas mettre en doute l'acte fantaisiste de Mrs Revel!

— C'est que je connais un peu les gens du monde, Mr Cade, je veux dire les aristocrates. Voyez-vous, la plupart des gens pensent toujours à ce que penseront leurs voisins. Il n'y a que deux sortes de personnages qui se moquent absolument du qu'en-dira-t-on : ce sont les vagabonds et les grands seigneurs. Je ne parle pas des richards ordinaires, mais des vrais aristocrates, de ceux qui sont habitués depuis des siècles à penser qu'aucune opinion ne compte, sauf la leur. Ceux-là, je les ai toujours trouvés pareils : courageux, francs et souvent absurdes.

— Vous aussi, Battle, vous devriez écrire vos Mémoires. Ils vaudront la peine d'être lus.

Le détective sourit, mais resta muet.

— Dites-moi, continua Anthony, pourquoi, dès le début, avez-vous deviné que j'étais mêlé à l'affaire de Staines?

— Intuition. Mais sans preuves concrètes. Vous vous êtes d'ailleurs très bien conduit, Mr Cade. Votre intelligence n'était pas surfaite.

— Je sentais que vous me dressiez continuellement des pièges. Je n'y suis pas tombé, mais la tension nerveuse a été considérable.

Battle eut un sourire singulier.

— C'est de cette façon-là qu'on prend les criminels, sir. On les laisse apparemment en liberté tout en resserrant moralement le réseau et en les obligeant à parer à de petites attaques continuelles. En fin de compte, ils n'y tiennent plus ; c'est la crise nerveuse et la confession.

— Vous êtes encourageant, Battle! Quand me prendrez-vous, moi?

— Laissons de la corde, sir, laissons de la corde!

— Et en attendant, je reste toujours le détective amateur, auxiliaire de Scotland Yard? Comme dans un roman policier?

— Les romans policiers, dit tranquillement Battle, sont la plupart du temps du bluff. Mais ils amusent le monde, et souvent ils nous sont utiles.

— En quoi? demanda avec curiosité Anthony.

— En encourageant l'idée universellement admise que la police est incapable. Quand nous tombons sur un crime perpétré par un dilettante, un assassinat par exemple, cela nous est très utile.

Anthony le regarda en silence pendant quelques minutes. Battle restait immobile, avec à peine quelques battements de cils, et pas le soupçon d'une expression intelligente sur sa large face placide. Finalement, il se leva.

— Ce n'est plus la peine de se coucher, dit-il. J'attendrai le lever de lord Caterham, à qui je voudrais dire quelques mots. Ceux qui veulent quitter Chimneys maintenant ont le droit de le faire. Mais en même temps, je serai très obligé à lord Caterham de prier tous les invités de prolonger leur séjour. Vous voudrez bien accepter cette invitation, sir, de même que Mrs Revel. J'aurai probablement besoin de son aide. Vous ne vous en êtes peut-être pas aperçu, Mr Cade, mais cette dame a une sorte de fascination particulière qui agit sur les hommes.

— Figurez-vous que je m'en suis déjà aperçu, mon cher surintendent!

— Ceux qui ont délibérément usé ou plutôt abusé de son nom pour signer les messages chiffrés devaient lui en vouloir et être heureux de lui jouer un tour pendable en même temps que de sauvegarder leur incognito. Vous m'avez dit, n'est-ce pas, qu'il y a une lettre datée de Chimneys? C'est sans aucun doute la dernière, celle qui contient les instructions relatives à la cachette du diamant! Le roi Victor devait être furieux de ne plus l'avoir en sa possession! Mais maintenant...

— Eh bien? Maintenant? demanda Anthony. Vous croyez qu'il l'a reconquise?

— C'est ce que je pense. Le nommé Giuseppe Manuelli était un bandit professionnel, c'est hors de doute. Il devait être affilié, du moins ces derniers mois, à la bande du roi Victor, et ce dernier l'avait chargé de vous voler les Mémoires, espérant y trouver quelque indication relative au diamant. Au lieu des Mémoires, Giuseppe a trouvé les lettres, mais, ne connaissant pas leur portée, il les a prises pour des lettres d'amour authentiques et a décidé de celer sa trouvaille à ses employeurs et d'en profiter pour lui-même. Mais le roi Victor ou ses acolytes l'ont fait filer et ont découvert chez lui la fameuse correspondance tant convoitée.

— Quelle coïncidence inouïe! murmura Anthony. C'est par un vrai miracle que ces lettres sont tombées entre mes mains d'abord, et entre celles d'un complice du roi Victor ensuite, pour retourner à leur destination — si toutefois votre hypothèse est exacte!

— Je crois qu'elle l'est. Elle seule explique logiquement les faits. Je poursuis: le roi Victor ou ses acolytes découvrent donc les messages chiffrés chez Manuelli, qui refuse de les rendre, espérant en tirer une fortune. On le suit jusque chez Mrs Revel, on envoie la dépêche truquée, on grave sur un revolver le nom « Virginie », bref, on prépare l'assassinat de façon que tout le soupçon retombe sur Mrs Revel.

— Mais tout à l'heure, si je ne me trompe, Lemoine et vous-même avez répété que le roi Victor, jusqu'à présent, n'avait jamais tué!

— C'est vrai. Et c'est même ce qui me tracasse le plus. Mais je suppose qu'il doit avoir des complices moins scrupuleux que lui. Ce sont eux, sans doute, qui ont tué ou fait tuer le prince Michel et Giuseppe Manuelli.

— Mais, dans ce cas, le roi Victor est en possession de la lettre, il doit l'avoir déchiffrée, et il sait où trouver le diamant!

— Il ne l'a pas encore trouvé, Mr Cade. Et il ne le trouvera pas si facilement. C'est moi qui vous le dis.

— Et les Mémoires ? murmura Anthony. Seraient-ils également en sa possession ? Dans ce cas, il ne les gardera pas, car j'ai l'intention de les remettre aux éditeurs le 13 octobre!

— Vous joueriez ce tour au baron ? Lui qui a pour vous une telle estime! Il m'a parlé de vous dans des termes positivement enthousiastes.

Anthony se mit à rire.

— J'espère pouvoir justifier sa confiance! En attendant, Battle, il se fait tard, les domestiques vont bientôt se lever. Nous ferions bien d'aller prendre un bain avant le déjeuner!

Il monta vivement l'escalier et, sifflotant gaiement, se dévêtit, passa un peignoir de bain et se tourna vers la table de toilette pour prendre quelques flacons.

Mais, à la vue d'un objet qui reposait au milieu de la table, devant le miroir, il ouvrit démesurément les yeux et resta immobile, figé.

Pendant quelques instants, il n'en crut pas ses yeux.

Finalement, il prit l'objet entre les mains, l'examina de près. Oui, pas de doute. Pas d'erreur possible.

C'était le paquet de lettres signées Virginie Revel. Elles étaient intactes. Il n'en manquait aucune.

Anthony se laissa tomber dans un fauteuil, les lettres à la main.

— Ma tête éclate! murmura-t-il. Je ne comprends pas la moitié de ce qui se passe dans ce damné Chimneys! Pourquoi ces lettres reparaissent-elles chez moi tout à coup? Qui les a mises sur ma table de toilette? Et pourquoi?

Mais à toutes ces questions il n'y avait pas de réponse.

CHAPITRE XXI

LA VALISE DE MR ISAACSTEIN

— Mrs Revel, dit le surintendent Battle à Virginie, au moment où elle descendait de la terrasse après le premier déjeuner, j'aimerais vous demander quelques renseignements.

— Sur?...

— Sur Mr Cade.

Virginie le regarda, frappée.

— Mais... quels renseignements?

— Je voudrais savoir où vous l'avez rencontré pour la première fois, depuis quand vous le connaissez, etc.

— C'est un peu difficile à expliquer, surintendent. Il m'a rendu une fois un très grand service, et...

Battle l'interrompit.

— Avant de poursuivre, Mrs Revel, il faut que vous sachiez que cette nuit, après votre départ et celui de M. Lemoine et Mr Eversleigh, Mr Cade m'a dit toute la vérité au sujet des lettres et de l'homme que vous avez trouvé mort dans votre appartement.

— Oh! s'exclama Virginie. Il vous a tout dit?

— Oui, et il a bien fait. Son explication éclaircit une foule de malentendus. Mais il a omis de me dire depuis quand il vous connaissait. Et j'ai comme une intuition que le jour où il a sonné à votre porte, à un moment aussi opportun pour vous, il ne vous avait encore jamais vue. Ah ! je vois que j'ai raison. C'est ainsi, vous ne vous connaissiez pas auparavant ?

Virginie resta muette. Pour la première fois, elle avait peur de cet homme épais à la physionomie impassible. Elle commençait à comprendre Anthony, qui l'estimait tant.

— Vous a-t-il jamais parlé de son passé ? interrogea le détective. Avant d'aller en Afrique du Sud, où était-il ? Au Canada ? Au Soudan ? Et son enfance, ne vous l'a-t-il pas racontée ?

Elle secoua la tête.

— Et pourtant, il doit avoir quelque chose à dire ! On lit sur son visage toute une vie d'exploits et d'aventures.

— Pourquoi ne télégraphiez-vous pas à son ami Mr McGrath ? demanda Virginie.

— C'est fait. Mais il est dans le fin fond du pays, impossible de le retrouver si vite. Il était bel et bien à Bulawayo quand Mr Cade y était, et ils s'y sont rencontrés ; sur ce point, l'histoire est exacte. Mais Mr Cade n'était employé aux Autocars Castle que depuis un mois. Qu'avait-il fait auparavant ?

Il y eut un silence.

— Il est temps que je parte, dit Battle. Mr Lomax m'attend chez lui, à Wyvers Abbey.

Virginie le regarda partir sans se lever. Elle demeura sur le banc où ils s'étaient assis, espérant qu'Anthony viendrait la rejoindre. Mais à sa place parut Bill Eversleigh.

— Dieu merci ! Enfin, je vous trouve seule !

— Ménagez-moi ce matin, mon petit Bill. On vient

de me parler d'une façon terrible, qui m'a mise toute sens dessus dessous.

— Qui ça ? Battle ?

— Oui, Battle. Il est effrayant ! On dirait qu'il voit à travers vous !

— Vous voyez bien, ma petite Virginie, qu'il vous faut un homme fort pour vous protéger ! Je vous aime tant, si vous saviez...

— Non, Bill, non. Pas maintenant. Je ne suis pas assez forte. Et je vous ai toujours dit que les gens bien élevés ne faisaient pas de demandes en mariage avant le repas de midi.

— Moi, dit Bill, je pourrais vous en faire avant même le premier déjeuner !

Virginie frissonna.

— Bill, tempérez vos élans. Vous êtes trop jeune pour moi. Je suis une veuve respectable. Éprenez-vous d'une jeune fille pure et candide.

— Virginie, chérie... Nom d'une pipe, voilà cette espèce de détective qui vient encore nous embêter !

En effet, c'était M. Lemoine, très correct, avec sa barbiche noire encore plus pointue que d'habitude.

— Bonjour, madame. Pas trop fatiguée, j'espère ?

— Pas le moins du monde.

— Très bien ! Aimeriez-vous faire quelques pas dans le parc ?

— Pourquoi pas ? Venez Bill !

— *All right,* dit l'infortuné jeune homme.

Tous les trois suivirent l'allée à pas lents. Virginie, avec son adresse souriante, faisait parler le détective qui leur racontait des anecdotes sur le roi Victor et la lutte sans merci entre la Sûreté et le fameux voleur. Mais en dépit du talent de causeur du détective, Virginie sentait vaguement que son vrai but n'était pas une simple promenade et une conversation amusante. Il se dirigeait, sans en avoir l'air, vers un endroit précis.

Tout à coup, il s'interrompit et jeta un regard sur la route. Ils étaient arrivés à l'endroit où la route traversait le parc, avant de passer à un tournant abrupt caché par un bouquet d'arbres. Lemoine regardait fixement un véhicule venant de Chimneys.

Virginie regarda dans la même direction.

— C'est la camionnette, dit-elle, qui emporte à la gare les bagages de Mr Isaacstein.

— Ah! fit Lemoine.

Il regarda sa montre.

— Déjà si tard ? Et moi qui devais me rendre dans le village! Mille pardons, madame! J'ai oublié l'heure en votre charmante compagnie! Peut-être la camionnette m'emmènera-t-elle au village?

Il avança sur le bord de la route et fit signe au chauffeur. Après quelques mots d'explication, ce dernier le fit monter. Lemoine grimpa vivement et, se retournant, salua poliment Virginie.

Cette dernière, étonnée, suivait du regard la camionnette. Au tournant, une valise, tout à coup, dégringola dans la poussière.

— Parions, dit Virginie, que cette valise n'est pas tombée par hasard! On l'a jetée.

— Personne ne l'a remarqué, fit Bill.

Tous deux coururent sur la route vers la valise. Au même instant, Lemoine, essoufflé, parut au tournant.

— J'ai été obligé de revenir, dit-il. J'avais oublié quelque chose.

C'était une belle valise en peau de porc, avec les initiales « H. I. » gravées sur le couvercle.

Sans un mot, Lemoine se pencha sur la valise. Quelque chose scintillait entre ses doigts. Un geste, et la serrure céda.

D'une voix totalement différente, brève et impérieuse il dit :

— La voiture arrivera dans quelques instants. La voit-on déjà ?

Virginie jeta un regard du côté du château.

— Pas encore.

— Bon.

D'une main experte, il fouilla le contenu de la valise : flacons, pyjamas de soie, chaussettes. Tout à coup, avec une exclamation étouffée, il tira un petit paquet de linge et le défit vivement.

Bill poussa une exclamation. Au milieu du paquet se trouvait un grand revolver.

— J'entends le klaxon, dit Virginie.

Vif comme un éclair, Lemoine rejeta tout, sauf l'arme, dans la valise, referma la serrure, mit le revolver dans sa poche après l'avoir enveloppé dans un mouchoir de soie, et se tourna vers Bill.

— Prenez la valise, vous et madame. Faites stopper le chauffeur. Expliquez que la valise est tombée de la camionnette. Ne parlez pas de moi.

Bill s'avança vivement sur la route au moment où la camionnette qui emportait Issacstein à la gare apparaissait. Le chauffeur ralentit, et Bill hissa la valise auprès de lui.

— Elle est tombée de la camionnette, expliqua-t-il. Nous étions justement là et nous l'avons vue tomber sur la route.

Il aperçut derrière la vitre le visage blême du financier, qui le regardait de ses yeux de cobra. La voiture repartit.

Virginie et Bill rejoignirent Lemoine, qui les attendait derrière le bouquet d'arbres. Il rayonnait de joie.

— Ce n'était qu'une supposition, dit-il, mais elle s'est admirablement justifiée.

CHAPITRE XXII

LE SIGNAL ROUGE

Le surintendent Battle, debout, attendait la réponse de Mr George Lomax à son rapport bref, mais explicite. Sur la table de travail du haut fonctionnaire se trouvait le paquet de lettres qu'Anthony, la veille, avait trouvées chez lui.

— Je n'y comprends rien, rien de rien, gémit George. Elles sont chiffrées, me dites-vous ?

— Oui, Mr Lomax.

— Et c'est sur la table de toilette qu'il les a trouvées ?

Battle répéta mot pour mot le récit que lui avait fait de sa trouvaille Anthony Cade.

— Mais qui peut les avoir mises dans sa chambre ? Tout cela me paraît suspect, terriblement suspect ! Que savons-nous de ce Cade ? Moi, personnellement, je trouve son genre très vulgaire. Une assurance facile de commis voyageur. Pour ce qui est des lettres, il faut immédiatement prendre des mesures ! Immédiatement !

Battle ouvrit la bouche, mais le grand homme ne le laissa pas parler.

— Pas de retard, Battle ! Il s'agit de déchiffrer ces lettres le plus tôt possible. Il y a un expert qui s'est occupé du déchiffrage de nos lettres pendant la guerre.

Où est ma secrétaire, miss Oscar? Elle doit savoir son nom. Quelque chose comme Win... Win...

— Professeur Wynwood, dit Battle.

— Parfaitement! Je m'en souviens maintenant. Il faut lui télégraphier.

— C'est fait, Mr Lomax. Il arrivera par le train de 12 h 10.

— Ah, bon! Très bien! Un souci de moins pour moi. J'ai à faire en ville cet après-midi. Pouvez-vous vous passer de moi?

— Je crois que oui, Mr Lomax.

— Faites pour le mieux, Battle, faites pour le mieux. A propos, pourquoi n'avez-vous pas amené aussi Mr Eversleigh?

— Il dormait encore, sir. Nous avons veillé toute la nuit.

— Oui, oui, c'est vrai. Je veille moi-même très souvent jusqu'à l'aube. Faire un travail de trente-six heures en vingt-quatre, voilà ma tâche quotidienne! Envoyez-moi Mr Eversleigh dès que vous retournerez à Chimneys, Battle.

— Bien, sir.

— Je comprends que vous ayez dû tout lui dire! Mais était-ce vraiment nécessaire de mettre dans le secret ma cousine, Mrs Revel?

— Étant donné qu'on a abusé de son nom, sir, et qu'elle est indirectement mêlée à l'affaire...

— Quelle duperie inouïe! murmura George en regardant les lettres. Je me souviens du défunt roi de Herzoslovaquie. Un charmant garçon, mais faible, lamentablement faible, un instrument docile entre les mains d'une aventurière sans scrupules. Mais si les lettres, comme vous le supposez, sont de nouveau tombées entre les mains du destinataire, pourquoi les aurait-il restituées à Mr Cade ?

— Parce que, dit Battle, le roi Victor sait parfaitement que la salle du Conseil, maintenant, est gardée à vue, et qu'il n'a aucune chance d'y pénétrer seul. Il préfère donc nous donner les lettres, nous les faire déchiffrer, et attendre que nous trouvions nous-mêmes la cachette et le diamant. Ensuite...

— Il tentera de nous le dérober ?

— Oui, mais nous sommes là, Lemoine et moi !

— Vous avez un plan ?

Mais Battle n'avait pas l'intention de raconter ses plans à Mr Lomax. Il prit poliment congé et rentra à Chimneys. En traversant le parc, il fit stopper la voiture, car il avait aperçu de loin, parmi les arbres, Mrs Revel flanquée de ses deux cavaliers, Anthony Cade et Bill Eversleigh.

— Mr Eversleigh, dit Battle en s'approchant d'eux, Mr Lomax vous prie de le rejoindre sur-le-champ à Wyvern Abbey, pour l'accompagner à Londres.

Bill fit la grimace et s'éloignant en maugréant intérieurement contre son patron qui lui faisait faire du surmenage et contre les coloniaux qui venaient faire la cour aux jolies femmes de Londres au lieu de rester dans leurs colonies.

— M. Lemoine vous attend, Mr Battle ! annonça Virginie au détective. Il a des nouvelles intéressantes à vous raconter.

Elle avait déjà mis Anthony au courant de la dernière découverte, et le jeune homme était encore plus ahuri que la veille.

— On n'y comprend plus rien ! murmura-t-il. Que vient faire Isaacstein dans cette galère ? Quel intérêt pouvait-il avoir à supprimer le prince Michel ? Dire

189

qu'il paraissait le seul homme au-dessus de tout soupçon! Je...

— Chut! fit Virginie. On vous appelle.

Anthony se retourna. La haute silhouette de Boris, le
domestique herzoslovaque, se dressait parmi les arbres.

— Excusez-moi, dit Anthony à la jeune femme. Il
faut que je parle à mon chien.

Il s'approcha de Boris.

— Eh bien qu'y a-t-il? Que me voulez-vous?

— Maître! dit Boris.

— Mais, mon pauvre garçon, même si vous m'aviez
pris pour maître, ce n'est pas une raison pour me suivre
partout! Ça provoque des soupçons.

Sans un mot, Boris tira de sa poche un petit bout de
papier souillé, arraché évidemment à une enveloppe, et
le tendit à Anthony.

—Qu'est-ce? demanda celui-ci.

Il n'y avait qu'une adresse griffonnée à la hâte, rien de
plus.

— Il l'a laissé tomber, dit Boris. Je l'ai apportée au
maître.

— Qui, il?

— Le gentleman étranger.

— Mais pourquoi me l'avoir apportée?

Boris le regarda avec un reproche muet.

— En tout cas, maintenant, partez, dit Anthony. Je
suis occupé.

Boris s'inclina et partit docilement. Anthony, après
avoir mis le papier dans sa poche, rejoignit Virginie.

— Que voulait-il? demanda-t-elle, curieuse. Et
pourquoi l'appelez-vous votre chien?

— Parce qu'il se conduit comme un caniche. Il vient
de m'apporter un bout de papier qu'a laissé tomber un

gentleman étranger. Je pense qu'il entend par là Lemoine.

— Ou Isaacstein, qui sait? Lui aussi a l'air d'un étranger.

— Que d'étrangers dans cette affaire!

— Regrettez-vous, Mr Cade, d'y être mêlé bon gré mal gré?

— Ma foi non! Vous savez bien que dès qu'il y a quelque part une sale affaire, j'en suis! Cette fois, évidemment, je suis trop bien servi!

— Mais il n'y a plus de danger pour vous personnellement, dit Virginie, un peu surprise par sa gravité inaccoutumée.

— Vous croyez?

Ils marchèrent en silence pendant quelques minutes.

— Il y a des hommes, dit Anthony en rompant le silence, qui n'obéissent pas aux signaux. Une locomotive ordinaire bien réglée stoppe ou ralentit à la vue d'un signal rouge. Moi, au contraire, j'accélère! Ce n'est pas ma faute, je suis né comme cela.

— Je pense, dit Virginie, que vous avez couru bien des dangers?

— Tous... excepté le mariage.

— Quel cynisme!

— Pas le moins du monde. Mais je considère que le mariage — tel que je l'imagine — est l'aventure la plus folle qui soit.

— J'aime cette idée! Le mariage de convenance, le mariage diplomatique tel qu'on le conçoit dans notre monde est bien moins tentant, déclara franchement Virginie, les joues envahies par un flot de sang.

— Il y a une seule femme que j'aimerais épouser, mais son monde n'est pas le mien. Que faire? Mènera-t-elle ma vie, où mènerai-je la sienne?

— Si elle vous aime...

— Sentimentalité, Mrs Revel. Quand le roi épouse la bergère, il faut savoir ce qu'ils en pensent un an après. La bergère ne regrette-t-elle pas ses champs et sa liberté ? Et si le roi avait renoncé à sa couronne, il aurait fait, j'en suis sûr, un mauvais berger. Et sa bergère l'aurait méprisé, car aucune femme ne respecte un homme quand il fait mal son métier.

— Êtes-vous épris d'une bergère, Mr Cade ? demanda doucement Virginie.

— Non, Mrs Revel. D'une reine. Mais la situation est la même.

— Et... il n'y a pas d'issue ?

— Il y a toujours une issue. Je suis certain qu'on peut toujours obtenir ce qu'on veut, si on consent à payer le prix. Pour gagner la femme que j'aime, je... je... j'irais jusqu'à faire un travail régulier !

Virginie éclata de rire.

— On m'a élevé pour faire un certain métier, savez-vous ? continua Anthony.

— Et vous l'avez abandonné ?

— Oui.

— Pourquoi ?

— Par principe.

— Oh !

— Quelle femme extraordinaire vous faites ! dit tout à coup Anthony en la regardant.

— Pourquoi ?

— Parce que vous ne posez pas de questions.

— C'est-à-dire que je ne vous demande pas quel était votre métier ?

— Précisément.

De nouveau, ils firent quelques pas en silence. Ils

s'approchaient maintenant de la maison, et le suave parfum de parterre de roses flattait leurs narines.

— Vous comprenez tout, n'est-ce pas? demanda Anthony. Vous vous en moquez probablement, mais bon Dieu! que j'aimerais donc vous forcer à m'aimer!

— Le pourriez-vous? chuchota Virginie.

— Je n'en sais rien, mais, sapristi, je tâcherai!

— Regrettez-vous de m'avoir rencontrée?

— Jamais de la vie! Quand je vous ai vue pour la première fois devant votre maison, à Pont Street, j'ai senti tout de suite que vous me feriez souffrir. Il y a en vous une magie, un charme, une vibration. Logiquement, vous devez épouser quelqu'un de haut placé et de respectable... et moi, retourner à ma vie de vagabond... mais avant de le faire, je vous embrasserai, je le jure!

— Pas tout de suite, dit doucement Virginie. Le surintendent Battle nous observe par la fenêtre de la bibliothèque.

Anthony la regarda longuement.

— Vous êtes un démon, Virginie, dit-il d'un ton calme. Un démon adoré!

Puis il fit signe de la main, nonchalamment, au surintendent Battle.

— Mis la main sur des criminels, Battle?

— Pas encore, Mr Cade!

— Mais il y a de l'espoir?

Battle, avec une agilité surprenante chez un homme si épais, enjamba la fenêtre de la bibliothèque et les rejoignit sur la terrasse.

— Il y a là le professeur Wynwood, chuchota-t-il, qui vient d'arriver. Il est en train de déchiffrer des lettres.

Ils s'approchèrent de la fenêtre et y jetèrent un regard prudent. Devant le bureau, sur lequel étaient étalées les lettres, se trouvait un petit homme roux, d'âge moyen. Griffonnant rapidement sur une feuille de papier, il ne cessait de grommeler on ne sait quoi.

— Tiens, vous voilà, Battle ? Vous n'avez pas honte ? Me faire venir pour déchiffrer ce bavardage ? Mais c'est un jeu d'enfant, malheureux ! Un collégien pourrait le faire ! Vous appelez ça un message chiffré ? Mais ça saute aux yeux !

— J'en suis heureux, professeur. Mais nous ne sommes pas tous aussi habiles que vous !

— Pas besoin d'habileté ! C'est un travail routinier. Ça ne demande que de l'application. Voulez-vous vraiment que je déchiffre tout cela ? Je vous assure que je n'ai pas le temps. J'ai transcrit la lettre datée de Chimneys, qui est, m'avez-vous dit, la plus importante. Laissez-moi emporter le reste, un de mes assistants le fera. J'ai des choses plus intéressantes à faire, moi !

— Si vous avez déchiffré cette missive-là, professeur, cela suffit. Je vous remercie. Mais vous n'allez pas partir ? Lord Caterham vous prie de rester à déjeuner.

— Déjeuner est un préjugé. Une mauvaise habitude, pas plus. Une banane et un biscuit, voilà tout ce que mange à midi un homme sain et bien portant.

Et le professeur, saisissant son pardessus, sortit accompagné de Battle. Quelques minutes plus tard, Anthony et Virginie entendirent le ronflement d'un moteur.

Battle rentra, portant avec précaution la feuille de papier que lui avait donnée le professeur.

— Voilà, dit-il, le message de Sa Majesté !

Virginie le saisit entre les doigts, et Anthony, se penchant, lut par-dessus son épaule. Ç'avait été, il s'en souvenait fort bien, une longue épître pleine de passion et de désespoir. Le génie du professeur Wynwood l'avait transformée en une sorte de télégramme d'affaires :

Réussi cacher pierre, mais S... m'a espionné et l'a tiré de sa cachette. Fouillé sa chambre. Rien. Trouvé papier relatif peut-être à la nouvelle cachette :

« *RICHMOND SEPT DROITE*
HUIT GAUCHE TROIS DROITE »

— S...? dit Anthony. Il s'agit, bien entendu, de Stylpitch. Vieux renard! Il a trouvé la cachette et transporté la pierre ailleurs.

— Richmond, répéta Virginie, pensive. Le diamant serait-il caché à Richmond?

Battle secoua la tête.

— Je crois plutôt que ce nom a trait à un endroit à Chimneys même.

— Trouvé! s'écria Virginie.

Les deux hommes se tournèrent vers elle.

— Le portrait de Holbein dans la salle du Conseil. Ils frappèrent la boiserie juste en dessous. Et c'est un portrait du comte de Richmond!

— Bravo! dit Battle avec une animation inusitée. Je suis certain que les bandits n'en savent pas plus long que nous! Ils ont bel et bien déchiffré la lettre — dame! puisqu'ils en avaient la clé! — mais ils n'ont rien compris à l'indication du comte Stylpitch. Ils s'en remettent à nous, qui connaissons mieux qu'eux la maison. Quand la salle du Conseil n'était pas encore gardée — la nuit où vous les avez surpris pour la première fois, et peut-être même avant — ils ont cherché dans les pièces de l'armure des deux mannequins, et dans d'autres endroits. Puis ils ont pensé à un escalier secret ou un panneau tournant. En savez-vous quelque chose, Mrs Revel?

— Non, mais Chiffonnette, que voilà, le saura sûrement!

Chiffonnette les salua de la main.

— Je vais en ville, après déjeuner, dans ma Panhard, annonça-t-elle. Qui de vous emmènerai-je? Voulez-vous venir, Mr Cade? Nous serons de retour pour le dîner.

— Non, merci, dit Anthony. J'ai à faire ici.

— Vous avez peur de moi? demanda Chiffonnette. Est-ce de la façon dont je conduis ma voiture, ou de mon charme fatal?

— De ce dernier, bien entendu!

— Chiffonnette, intervint Virginie, parlons sérieusement : y a-t-il un passage secret conduisant de la salle du Conseil dans un autre endroit?

— Oui, mais il est bloqué. On ne peut faire que cent pas, c'est tout. Celui de la Galerie Blanche est beaucoup plus long et aussi plus pittoresque.

— Le point de vue artistique ne nous intéresse pas. Il s'agit d'autre chose. Comment accède-t-on à celui de la salle du Conseil?

— Par un panneau mobile. Je vous le montrerai après le déjeuner, si vous voulez.

— Sans faute! insista Battle.

Chiffonnette lui lança un regard soupçonneux.

— Encore vos histoires de voleurs?

Tredwell parut sur la terrasse.

— Milady est servie! annonça-t-il.

CHAPITRE XXIII

DEVANT LE PARTERRE DE ROSES

— Ne croyez pas, dit Chiffonnette au surintendent Battle, à M. Lemoine, à Anthony Cade et à Virginie, qui attendaient avec impatience qu'elle leur montrât le panneau tournant, ne croyez pas que l'assassin du prince Michel soit sorti par là! Je suis certaine que le passage est bloqué.

— Il ne s'agit pas de cela, dit vivement Lemoine; nous cherchons autre chose.

— Pas le diamant historique, par hasard? demanda Chiffonnette. Celui qui a été volé et caché il y a je ne sais combien d'années?

— Qui vous a dit cela, lady Eileen? demanda Battle.

— C'est un laquais, quand j'avais douze ans.

— Comment? C'est un des secrets diplomatiques de George? Pauvre homme, il devrait pourtant savoir que les domestiques sont toujours au courant.

Elle s'approcha du portrait de Holbein, appuya sur un ressort caché derrière la toile, et déclara dramatiquement, montrant le panneau qui avait glissé de côté et révélé une ouverture sombre :

— Entrez, mesdames et messieurs! Les mystères de Chimneys!

Lemoine et Battle s'étaient munis de lanternes électriques. Suivis par les trois autres, ils entrèrent. Au bout de cent pas, comme Chiffonnette le leur avait dit, ils se heurtèrent contre un immense bloc, et furent obligés de retourner. Rien, dans le couloir secret, ne semblait suspect. Revenu au portrait de Holbein, Battle déclara :

— Nous ne sommes allés la première fois qu'en éclaireurs. Maintenant, il s'agit de faire du travail sérieux. Comptons les pas à partir du portrait du comte de Richmond : sept droit devant nous, huit à gauche, trois à droite.

Il mesura soigneusement sept pas et se pencha sur le sol.

— Je crois que nous ne nous sommes pas trompés : on dirait qu'il y a une trace de craie sur le sol. Maintenant, huit à gauche. Cette fois, il ne s'agit plus de pas! Le couloir est juste assez large pour qu'on puisse y passer à la file indienne.

— Huit briques, peut-être? demanda Anthony.

— Tiens, c'est possible! Huit briques à partir du haut ou du bas sur le côté gauche. Essayons d'abord à partir du haut, c'est plus facile.

Il compta huit briques.

— Ça devient passionnant! murmura Chiffonnette.

Le surintendent Battle, de la pointe de son couteau, souleva la brique. Si elle n'avait pas été enlevée et replacée jadis, elle n'aurait certes pas cédé aussi facilement. Deux minutes après, il plongea sa main dans la cavité béante qu'avait obstruée la brique.

Les assistants retenaient leur souffle.

Battle retira sa main avec une exclamation de surprise et de colère.

Il tenait une petite reproduction du portrait de Richmond, à laquelle étaient épinglés un ruban rose et un ruban rouge.

— Mon Dieu! s'exclama le Français, c'est trop fort!

— Mais qu'est-ce que cela signifie? demanda Virginie, stupéfaite.

— Cela signifie, répliqua Anthony, que feu le comte Stylpitch avait un certain genre d'humour que nous ne goûtons pas beaucoup! Il a dû s'apercevoir qu'on avait volé son mémorandum, et il a changé la cachette une deuxième fois. Quand les voleurs sont revenus, ils n'ont trouvé que cette devinette.

— Signifie-t-elle quelque chose?

— J'en suis certain. Si le comte avait simplement voulu les taquiner, il aurait plutôt laissé une carte avec l'annonce « vendu » ou quelque chose dans ce genre-là.

— Un ruban rose, un ruban rouge et une carte postale! répéta Chiffonnette.

— C'est inouï! siffla Lemoine.

— Le professeur Wynwood ne pourrait-il pas déchiffrer cela? murmura Anthony.

— Quand est-on entré dans ce couloir pour la dernière fois, lady Eileen? demanda le Français à Chiffonnette.

— Il y a deux ans, je suppose. Quand on montre Chimneys aux touristes en notre absence, on ne les fait entrer que dans le passage secret de la Galerie Blanche.

— C'est curieux, murmura le Français.

— Pourquoi?

— Parce que — et Lemoine lui tendit une allumette qu'il venait de ramasser — il n'y a sûrement pas deux ans qu'on a laissé tomber cela! Pas même deux jours!

Battle examina l'allumette. Elle était en bois rose, avec une tête jaune.

— Quelqu'un de vous, mesdames et messieurs, l'a-t-il par hasard laissée tomber? demanda-t-il.

Tous hochèrent négativement la tête.

— Dans ce cas, dit le surintendent, nous n'avons plus rien à voir ici. Sortons.

Ce panneau s'était refermé derrière eux, mais Chiffonnette leur montra le ressort placé à l'intérieur. Elle appuya dessus, tourna sans bruit et sauta sur le parquet de la salle du Conseil.

— Mille tonnerres! s'écria lord Caterham, qui, entré pendant ce temps sans se douter de rien, s'était assoupi dans un fauteuil.

— Mon pauvre vieux père! fit Chiffonnette. Je vous ai réveillé en sursaut?

— Je ne comprends pas, dit lord Caterham, pourquoi les gens, de nos jours, ne se reposent plus après le repas. C'est un art dont on a perdu le secret. Dieu sait si Chimneys est grand, et pourtant il n'y a pas une seule pièce où je puisse être sûr d'être laissé tranquille. Bon Dieu! combien êtes-vous donc? Tout un régiment!

— Ne vous fâchez pas, mon cher ami, dit Virginie en lui tapotant affectueusement la tête. Nous avons simplement exploré le couloir secret, c'est tout.

— D'où vient cet intérêt général pour les couloirs secrets? grommela lord Caterham, encore offensé. J'ai dû les montrer tous ce matin à Mr Fish!

— A quelle heure? demanda vivement Battle.

— Avant le déjeuner.

Anthony posa sa main sur le bras de Lemoine et l'emmena sur la terrasse.

— Monsieur Lemoine, dit-il en lui montrant un bout de papier taché sur lequel était griffonnée une adresse, est-ce vous qui avez laissé tomber ce papier?

— Ce n'est pas moi, dit Lemoine en examinant le papier. Je ne l'ai jamais vu.

— Tiens! Et Boris qui m'a dit que « le gentleman étranger » l'avait laissé tomber!

— Peut-être s'est-il échappé de la valise de Mr Isaac-stein? Interrogez encore Boris! Mais, au fait, que savez-vous de ce garçon-là?

Anthony haussa les épaules.

— Rien, sauf qu'il était le valet et l'homme de confiance du prince Michel.

— Qui sait si le roi Victor ne se cache pas là-dessous!

— Quoi! Vous pensez vraiment...

Lemoine l'interrompit :

— Cher monsieur, voulez-vous que je vous le dise franchement? Je vois le roi Victor partout. C'est une obsession. En ce moment même, je me demande : l'homme à qui je parle, ce Mr Cade, n'est-il pas, par hasard, le roi Victor?

— Mais il vous a ensorcelé! dit Anthony en souriant.

— Que m'importe le diamant? Que m'importe l'assassin du prince Michel? Tout cela ne regarde que mon collègue de Scotland Yard. Moi, je ne suis venu en Angleterre que dans le but de surprendre le roi Victor en flagrant délit et de l'arrêter.

— Pensez-vous y réussir?

— Qu'en sais-je? répliqua Lemoine d'un ton découragé.

— Je vous avoue qu'à votre place j'aurais noté l'adresse que je vous ai donnée tout à l'heure. Peut-être ne signifie-t-elle rien, et peut-être a-t-elle, au contraire, une certaine importance?

Lemoine le regarda fixement. Puis, avec un sourire, il releva sa manche gauche et montra, sur la manchette, tracée au crayon : *Hurstmere, Langly Road, Douvres.*

— Mes excuses, dit Anthony. Vous êtes un artiste, monsieur Lemoine.

— Et vous-même, Mr Cade?

— Que voulez-vous dire?

Lemoine, sans mot dire, tira une feuille de papier et la lui tendit : Anthony lut :

Ne perdez pas de vu Mr Cade. Il né pas ce qu'il parai.

— C'est M Battle qui a reçu cette missive anonyme, expliqua Lemoine.

— Je dois avoir des ennemis parmi les domestiques, dit en riant Anthony. Ne me perdez pas de vue, monsieur Lemoine! Il a raison, je ne suis pas ce que je parais. Je suis peut-être un roi incognito, qui sait?

Sifflotant légèrement, il suivit du regard M. Lemoine qui s'éloignait. Puis son regard s'arrêta sur le parterre de roses.

— Sacrebleu! s'exclama-t-il tout à coup. Comment n'y ai-je pas pensé tout de suite? La rose!

Il s'élança vers le parterre, mais se trouva nez à nez avec Mr Hiram Fish qui s'approchait de l'autre côté.

— Je ne savais pas que vous aimiez les roses, Mr Fish, dit doucement Anthony.

— J'adore les roses, Mr Cade, répliqua l'Américain.

Ils se regardèrent longuement en silence, comme deux adversaires qui mesurent leurs forces.

— Moi aussi, je les adore, dit Anthony.

— Vraiment?

Avec un soupçon de sourire, ils se penchèrent tous deux sur les rosiers.

— Voyez, dit Mr Fish en indiquant une fleur magnifiquement épanouie, c'est une Madame Abel Chatenay. Quelle splendeur! Mais, pour ma part, j'ai toujours eu un faible pour les roses de France. Aimez-vous les roses rouges, Mr Cade? Leur parfum...

Une jeune voix impérieuse interrompit l'accent traînard de Mr Fish.

— Allô, messieurs! Allez-vous en ville? Je vais partir.

— Je vous remercie, lady Eileen, répondit l'Américain. Je suis très bien ici. L'air est bien plus pur qu'à Londres.

Anthony hocha négativement la tête. Chiffonnette disparut.

— J'aime mieux dormir, dit Anthony en bâillant. J'avoue que j'ai un peu sommeil. Je vais me retirer dans ma chambre.

Il tira une cigarette.

— Auriez-vous une allumette, Mr Fish?

L'Américain lui tendit une boîte. Anthony en tira une allumette et lui rendit la boîte en le remerciant.

— Les roses, dit-il, sont très belles. Mais cet après-midi, je ne me sens pas l'âme d'un horticulteur.

Un vrombissement assourdissant se fit entendre.

— Elle en fait du bruit, sa voiture! remarqua Anthony. La voilà qui part!

Ils suivirent du regard l'auto filant sur la route.

Anthony, retenant à peine un bâillement, rentra dans la maison.

Mais à peine eut-il refermé la porte derrière lui qu'il sembla transformé en vif-argent. Il traversa le hall en courant, enjamba une des fenêtres, sauta dans le parc et se mit à galoper dans la direction de l'enceinte. Chiffonnette, il le savait, devait faire un grand détour par le village.

Il courait désespérément. Au moment où il atteignait le mur, il entendit le klaxon, grimpa avec une agilité de chat et se laissa glisser dans la poussière.

— Allô! Allô! cria-t-il.

Chiffonnette, stupéfaite, lâcha un instant le volant, et la voiture vira violemment, risquant de s'écraser contre le mur. Heureusement, elle freina à temps. Anthony la rejoignit vivement, ouvrit la portière et monta auprès d'elle.

— Je vous accompagne à Londres, dit-il. J'avais tout le temps l'intention de le faire.

— Vous êtes extraordinaire! s'exclama Chiffonnette. Pourquoi ce mystère! Et que tenez-vous là dans la main?

— Rien qu'une allumette, dit Anthony.

Il la regarda pensivement. Elle était rose, avec une tête jaune. Il jeta sa cigarette sans l'allumer et mit soigneusement l'allumette dans sa poche.

CHAPITRE XXIV

LA MAISON DE DOUVRES

Lorsque Chiffonnette, après une course effrénée — Anthony comprenait maintenant pourquoi lord Caterham refusait toujours énergiquement de se laisser emmener en voiture par sa fille — stoppa, sur sa demande, devant Hyde Park, il lui lança :

— Merci mille fois! A bientôt! Je ne sais pas trop quand, mais je reviendrai!

Un taxi l'emmena à la gare de Victoria, où il se renseigna sur le train pour Douvres. Malheureusement, ce départ venait de s'effectuer, et Anthony dut se résigner à attendre une heure.

Le voyage se passa sans incidents. En sortant de la gare, Anthony demanda à un agent où se trouvait Langly Road.

C'était une route conduisant en dehors de la ville. Anthony la suivit d'un pas rapide. Elle était longue, mais il avançait gaiement, les yeux brillants, comme s'il apercevait au bout le signal rouge.

Hurstmere — un passant le renseigna là-dessus — était la dernière maison sur la route entourée d'un grand jardin négligé. Elle semblait inhabitée depuis longtemps.

— Un endroit désert, murmura Anthony, certainement bien choisi!

Il jeta un regard autour de lui. Personne. La nuit était tombée, et on n'entendait que le craquement des feuilles qui se détachaient et glissaient sur le sol. Ce bruissement léger, dans le silence absolu, était presque lugubre.

Anthony tâta avec précautions la poignée de la porte de fer rouillée. Elle était fermée. S'assurant encore une fois qu'il n'était pas observé, Anthony s'approcha de la grille et l'escalada prestement; heureusement elle n'était pas surmontée de pointes.

Après quelques instants d'hésitation, il avança à pas de loup vers la maison. Tout à coup, caché derrière un arbre, il s'arrêta. Il avait entendu un bruit de pas. Une silhouette masculine parut à l'angle de la maison. Elle ne s'arrêta pas, mais continua son chemin, contourna la maison et disparut à nouveau.

— Une sentinelle, murmura Anthony.

Et il profita de son absence pour rejoindre en quelques pas la porte. Cette fois, elle n'était pas fermée. Il eut le temps de la refermer sans bruit derrière lui avant la réapparition de la sentinelle, et de s'avancer doucement, revolver en main, dans l'entrée obscure. Un rayon de lumière filtrait sous une porte, à droite de l'escalier conduisant au premier étage. Tapi dans l'ombre, il prêta l'oreille. Des voix d'hommes lui parvenaient distinctement.

— Tu n'as pas entendu comme un bruit de pas?

Instinctivement, Anthony serra son revolver.

— Mais si! C'est Carlo qui monte la garde devant la maison.

— N'empêche qu'on est rudement mal ici! Il serait

grand temps de filer, on risque de découvrir le pot aux roses d'un moment à l'autre.

— Espérons que le patron viendra bientôt.

— S'il ne vient pas, mon vieux, je te préviens que je file !

— Je ne te le conseille pas ! le roi Victor n'aime pas les désobéissants !

Un grognement mécontent lui répondit.

Puis la première voix reprit :

— Je n'en sais rien. Il est revenu à lui hier. Le coup de poing qu'on lui a assené sur la tête ne lui a pas fait trop de mal.

« Quels idiots ! songea Anthony. Ils se fient à leur sentinelle aveugle et discutent leurs affaires à haute voix ! Et, par-dessus le marché, ils s'insurgent déjà contre leur maître ! Vraiment, ils méritent une bonne leçon. Qu'ils comptent sur moi pour la leur donner ! »

Les hommes avaient cessé de parler. Dans le silence, un gémissement étouffé se fit entendre. Il semblait venir d'en haut. Sans hésiter, Anthony se glissa dans l'escalier qu'il monta quatre à quatre. Sur le palier du premier étage, il s'arrêta. Un nouveau gémissement parvint à ses oreilles. Il venait nettement de derrière la porte à gauche. Anthony ouvrit cette porte. Dans l'obscurité, il vit vaguement les contours d'un lit sur lequel était étendu un homme.

Allumant sa lanterne électrique, il la dirigea sur le blessé. Un bandage entourait son visage blême. Il avait les pieds et les mains liés. Aveuglé par la lumière subite, il ferma les yeux.

Anthony se pencha sur lui. Mais au même instant, il entendit un bruit sec derrière lui, et une voix impérieuse retentit :

— Haut les mains ! Vous ne vous attendiez pas à me

voir ici, n'est-ce pas ? Mais j'ai eu la chance de prendre le même train que vous à la gare Victoria.

Sur le seuil de la chambre se tenait Mr Hiram Fish. Il souriait, et d'une main ferme, tenant un grand automatique bleu, visait Anthony.

CHAPITRE XXV

VIRGINIE S'EN VA

Lord Caterham, Virginie et Chiffonnette étaient assis dans la bibliothèque après dîner. Plus de vingt-quatre heures s'étaient écoulées depuis le départ plutôt dramatique d'Anthony.

Pour la première fois au moins, Chiffonnette répétait à Virginie les derniers mots d'Anthony, lorsqu'il était descendu de l'auto :

« Je ne sais pas trop quand, mais je reviendrai! »

— Puisqu'il a laissé toutes ses affaires ici, dit Virginie, c'est qu'il pensait malgré tout revenir bientôt!

— Et il ne vous a pas dit où il allait?

— Non, dit Virginie sans regarder ses interlocuteurs, il ne m'a rien dit.

Il y eut un silence. Lord Caterham fut le premier à le rompre :

— En somme, dit-il, il vaut mieux diriger un hôtel qu'une maison de campagne. A l'hôtel, au moins, on est tenu de prévenir avant midi quand on a l'intention de partir. Je suis peut-être très démodé, et il est maintenant de meilleur goût d'aller et venir comme dans un hôtel, d'autant plus qu'on n'a même pas d'addition à payer...

— Tu n'as pas honte de grogner tout le temps,

papa? dit Chiffonnette. Tu nous as près de toi toutes les deux, que veux-tu de plus?

— Rien de plus, rien de plus! affirma lord Caterham. Au contraire, je suis émerveillé de ma chance! Voilà vingt-quatre heures qu'on a la paix dans la maison, qu'il ne s'est rien passé, ni vols ni assassinats, ni détectives ni Américains! J'aurais joui encore plus si je ne m'étais pas dit à tout instant : « Ça ne peut pas durer : il va se produire quelque chose! Un d'eux va revenir m'empoisonner la vie! »

— Jusqu'à présent, aucun n'est revenu, dit Chiffonnette. Cette disparition de Fish est étrange : ne vous a-t-il rien dit?

— Rien du tout. Je l'ai encore aperçu hier dans l'après-midi, marchant de long en large devant le parterre de roses et fumant un de ses affreux cigares, et puis finish! On dirait qu'il est rentré sous terre!

— Et si on l'a enlevé? dit Chiffonnette.

— Un de ces jours, déclara lord Caterham, les agents de Scotland Yard repêcheront son cadavre au fond du lac. C'est bien fait pour moi! A mon âge, j'aurais dû tranquillement partir pour l'étranger et m'occuper de ma santé, au lieu de consentir aux projets diplomatiques de George Lomax. Je...

Il fut interrompu par Tredwell.

— Eh bien, qu'est-ce encore? demanda-t-il, irrité.

— C'est le détective français, mylord, qui demande l'autorisation de vous parler.

— Que vous disais-je? C'était trop beau pour durer! Faites-le entrer.

Le Français entra d'un pas rapide et léger. Sa démarche plus que son visage, révélait une animation inaccoutumée.

— Bonsoir, Lemoine, dit lord Caterham, voulez-vous un verre de liqueur?

— Non, merci.

Lemoine salua courtoisement les dames.

— Lord Caterham, j'ai le plaisir de vous annoncer que j'ai enfin fait une découverte importante au cours de ces vingt-quatre heures.

— Je savais bien qu'il se passerait quelque chose! soupira lord Caterham.

— Hier, un de vos invités a quitté la maison plutôt brusquement. Je dois vous avouer que dès le début je l'ai soupçonné. Voilà un homme surgi on ne sait d'où. Il y a deux mois, il était en Afrique. Et auparavant?

Virginie se mordit violemment les lèvres. Un instant, le Français la regarda fixement, puis il continua :

— Nul ne connaît son passé. Et c'est précisément un homme comme lui que je cherche, un aventurier plein d'audace, gai, insolent, capable de n'importe quoi. Je fais tout pour obtenir des renseignements sur lui, mais la seule chose que je réussis à apprendre, c'est qu'il y a dix ans il était au Canada. Mes soupçons se confirment. Enfin, il y a deux jours, je ramasse un bout de papier qu'on a laissé échapper par hasard — à un endroit où Cade vient de passer — et j'y trouve l'adresse d'une maison de Douvres. Le même jour, je laisse, moi aussi, échapper ce papier, et du coin de l'œil je vois ce Boris, cet Herzoslovaque, le ramasser et le porter à son maître. Pourquoi le valet du prince Michel est-il devenu le serviteur de cet étranger? Ne l'était-il pas toujours? N'était-il pas acheté par lui pour espionner le prince? Suspect, très suspect!

« Néanmoins, j'ai moi-même été presque désarmé, car Anthony Cade m'a rapporté ce papier en me demandant si je ne l'avais pas laissé tomber. Cela veut-il dire qu'il est innocent, ou qu'il est d'une habileté rare ? Naturellement, j'ai déclaré que je voyais ce papier pour la première fois de ma vie. Mais en même temps j'ai fait prendre des renseignements, et j'ai appris que cette maison a été précipitamment abandonnée, mais qu'hier encore il s'y cachait une bande d'étrangers. Sans nul doute, c'était l'état-major du roi Victor ! Rendez-vous compte ! Hier dans l'après-midi, Mr Cade quitte cette maison avec une hâte singulière, et le même jour la maison de Douvres, dont il a eu la malchance de me livrer l'adresse, est abandonnée ! Je suis certain que Mr Anthony Cade ne reviendra pas ici, du moins pas sous ce nom : mais connaissant le roi Victor, je suis certain qu'il fera encore une tentative désespérée pour trouver le diamant. C'est alors que je mettrai la main sur lui ! »

Virginie se leva soudain et, d'une voix métallique, déclara :

— Vous oubliez une chose, monsieur ! Mr Cade n'est pas le seul invité qui ait disparu hier d'une façon singulière, Il y a Mr Fish !

— Mr Fish ! Voyons, madame...

— Parfaitement, Mr Fish ! Ne nous avez-vous pas dit que le roi Victor est venu d'Amérique ? Eh bien, Mr Fish est venu d'Amérique ! Il est muni, il est vrai, d'une lettre de recommandation émanant d'un Américain influent, mais cela ne prouve rien. Ce détail devait être facilement réglé par un homme comme lui. Il n'est certainement pas ce qu'il dit être. Lord Caterham nous apprit que lorsqu'il est question d'autographes, il écoute toujours, mais ne parle jamais, ce qui prouve qu'il ne connaît pas son sujet. La nuit du meurtre, sa fenêtre était éclairée. Le soir où nous avons surpris les voleurs dans la salle du Conseil, quand je l'ai rencontré sur la terrasse, il était entièrement vêtu. Hier encore, dans la matinée, il a exploré les passages secrets. C'est peut-être lui qui a laissé tomber le papier en question. Vous n'avez pas vu de vos yeux Mr Cade laisser échapper ce feuillet avec l'adresse de la maison suspecte. Peut-être Mr Cade est-il en effet allé à Douvres, mais c'est pour faire une enquête! On l'y a peut-être emprisonné? J'estime que Mr Fish est beaucoup plus suspect que Mr Cade!

— De votre point de vue, madame, j'admets que vous avez raison, répondit sans se troubler le Français. Mr Fish n'est certainement pas ce qu'il paraît.

— Mais alors.

— Il y a un détail, madame, que vous ne connaissez pas. Sachez que Mr Fish, lui aussi, est un détective.

— Quoi? s'exclama lord Caterham.

— Oui, lord Caterham. La police américaine s'étant rendu compte que le roi Victor avait joué à New York le rôle du prince Nicolas de Herzoslovaquie et avait réussi de cette façon à empocher de fortes sommes, a envoyé ici un détective très habile pour capturer le bandit. Le surintendent Battle et moi étions au courant.

Virginie ne dit rien. Lentement, elle se rassit. Ces quelques mots bouleversaient tout l'échafaudage qu'elle avait soigneusement édifié.

— Nous savions tous, continua Lemoine, que le roi Victor viendrait un jour ou l'autre à Chimneys. C'était le seul endroit où nous étions sûrs de le prendre.

Virginie, soudain, se mit à rire et lui lança un regard singulier.

— Vous ne l'avez pas encore pris!

— Non, madame. Mais nous y réussirons.

— Il a beaucoup de charme, dit lord Caterham, beaucoup de charme et d'esprit. C'est vraiment dommage... Mais voyons, Virginie, n'est-il pas un vieil ami à vous ?

— C'est pourquoi, dit Virginie, qui avait repris son calme, je pense que M. Lemoine est dans l'erreur.

Son regard rencontra celui du détective, qui demeura parfaitement maître de lui.

— Qui vivra verra, madame ! dit-il.

— Vous croyez, demanda-t-elle, que c'est lui qui a tué le prince Michel ?

— Sans doute.

Virginie secoua la tête.

— Oh ! non, fit-elle. Oh ! non. Cela, j'en suis complètement et absolument certaine. Anthony Cade n'a pas tué.

— Peut-être avez-vous raison, madame, répondit lentement Lemoine. Peut-être est-ce le Herzoslovaque, Boris, qui a outrepassé ses ordres et tiré sur le prince. Qui sait ? Ce dernier a pu le surprendre en flagrant délit. Ou bien le prince avait-il offensé Boris, et le serviteur a-t-il voulu se venger. Peut-être est-ce par vengeance qu'il s'est rangé du côté du roi Victor. Tout cela s'expliquera encore. Mais, de toute façon, lord Caterham, j'ai estimé nécessaire de vous mettre au courant.

— Je vous remercie, dit lord Caterham. Un petit verre de liqueur ? Non ? Comme vous voudrez. Bonsoir, Lemoine.

— J'ai horreur de cet homme avec sa petite barbiche noire et son lorgnon ! s'exclama Chiffonnette dès que la porte se fut refermée derrière lui. J'espère qu'Anthony le fera déchanter ! Que pensez-vous de tout cela, Virginie ?

— Je ne sais pas, dit Virginie. Je suis lasse. Je vais me coucher.

— Bonne idée, approuva lord Caterham. Il est onze heures et demie.

En traversant le hall, Virginie aperçut au loin un dos large qui semblait vouloir s'effacer discrètement derrière une petite porte.

— Surintendent Battle! appela-t-elle d'une voix impérieuse.

Le surintendent s'avança vers elle sans enthousiasme.

— Mrs Revel?

— J'ai vu M Lemoine tout à l'heure. Il dit... Surintendent Battle, est-il vrai que Mr Fish est un détective américain?

— Oui, c'est vrai.

— Vous le saviez depuis quelque temps déjà?

— Oui.

Virginie se détourna.

— Je comprends. Merci.

S'asseyant dans sa chambre, elle se força à regarder la question en face. Chaque phrase d'Anthony lui revint à la mémoire, chargée d'un sens nouveau.

Quel était ce « métier » dont il avait parlé?

Ce métier auquel il avait renoncé! Mais alors...

Un bruit étrange interrompit ses méditations. Elle leva brusquement la tête. Sa petite montre en or marquait une heure. Elle avait réfléchi pendant une heure et demie.

De nouveau, il y eut un bruit sec, comme si on frappait à sa fenêtre. Elle s'en approcha vivement. En bas, sur la pelouse, se dressait une haute silhouette. Une main tendue lançait une poignée de gravier contre la vitre.

Un instant, le cœur de Virginie battit plus vite; puis

elle reconnut les larges épaules et la forme massive de Boris, le serviteur herzoslovaque.

Elle ouvrit la fenêtre et demanda à voix basse :

— Qu'y a-t-il?

— Je viens de la part du maître, répondit-il, également à voix basse, mais très distinctement. Il m'envoie vous chercher.

— Me chercher?

— Oui, je dois vous ramener. Il m'a donné une lettre. Je vais vous la lancer.

Virginie s'écarta de la fenêtre, et un feuillet de papier attaché à un gros caillou tomba à ses pieds. Elle le déplia et lut :

Virginie chère,

Je suis dans une situation très difficile, mais je gagnerai la bataille. Voulez-vous avoir confiance en moi et venir me rejoindre?

Pendant deux longues minutes, Virginie demeura immobile, lisant et relisant ces mots.

Puis elle leva la tête et contempla d'un regard nouveau sa chambre à coucher confortable et luxueuse.

Finalement, se rapprochant de la fenêtre, elle demanda :

— Que dois-je faire?

— Les détectives sont à l'autre bout de la maison, devant la salle du Conseil. Descendez l'escalier et sortez par la petite porte de côté. Je vous attendrai. Une auto stationne sur la route.

Avec une rapidité inouïe, Virginie changea de robe, mit un manteau de voyage et enfonça un petit bonnet de cuir.

Puis, avec un petit sourire, elle traça à la hâte sur un bout de papier quelques lignes adressées à Chiffonnette et les épingla à l'oreiller.

Se glissant doucement dans l'escalier, puis vers la petite porte, elle poussa sans bruit le verrou. Sur le seuil, elle s'arrêta et hésita un quart de seconde; puis, rejetant la tête en arrière, du même geste intrépide et insouciant qu'avaient eu jadis les chevaliers ses aïeux s'embarquant pour les grandes croisades, elle passa le seuil.

CHAPITRE XXVI

LE 13 OCTOBRE

Mercredi 13 octobre, à dix heures du matin, Anthony Cade remettait sa carte de visite au domestique de Mr Herman Isaacstein.

Après quelques minutes d'attente, il fut reçu par un secrétaire très courtois.

— Vous vouliez voir Mr Isaacstein, monsieur? Il est malheureusement très occupé ce matin : conférences, rendez-vous d'affaires, etc. Puis-je vous être utile?

— Il faut que je lui parle personnellement, dit Anthony, et il ajouta : Je viens de Chimneys.

— Ah! fit le jeune homme, frappé, de Chimneys?

— Parfaitement. Dites-lui que c'est très important et que ça se rapporte à Chimneys. De toute façon, il faut que je parle d'urgence à Mr Isaacstein.

Deux minutes plus tard, Anthony entrait dans le sanctuaire du grand financier.

Mr Isaacstein se leva pour lui serrer la main.

— Excusez-moi de vous déranger de cette façon, dit Anthony. Je sais que vous êtes occupé et je vous prendrai aussi peu de temps que possible. Il s'agit d'une petite affaire que je veux vous soumettre.

Isaacstein le fixa attentivement de ses yeux de cobra pendant quelques instants.

Puis, subitement, il lui tendit une boîte ouverte.

— Cigare ?

— Volontiers ! dit Anthony en en prenant un. Il s'agit de cette affaire herzoslovaque. Le meurtre du prince Michel a dérangé vos projets, n'est-ce pas ?

— Hum, dit vaguement le financier.

— Si l'on accordait les concessions sur les pétroles à une autre compagnie, vous n'en seriez pas content, n'est-ce pas ?

— Que me proposez-vous ? demanda Mr Isaacstein en le regardant fixement.

— Un successeur du prince Michel, animé de sympathies anglophiles.

— Où est-il ?

— C'est mon affaire.

Isaacstein eut un petit sourire, mais son regard était devenu dur comme l'acier.

— Un successeur authentique et légitime ? pas d'imposteur ?

— Tout ce qu'il y a de plus authentique, avec preuves documentaires.

— Juré ?

— Juré.

— Je vous crois sur parole, Mr Cade.

— Vous semblez vite convaincu, dit Anthony, en le regardant avec curiosité.

Herman Isaacstein sourit.

— Je ne serais pas où je suis si je n'avais pas appris à distinguer si un homme dit ou non la vérité ! répliqua-t-il simplement. Quelles sont vos conditions ?

— Le même emprunt, aux mêmes conditions, que vous avez offert au prince Michel.

— Et pour vous-même ?

— Rien pour l'instant, sauf que je vous demande de venir ce soir à Chimneys.

— Non, dit énergiquement Isaacstein. Pas cela. Je n'en ai pas le temps.

— Cependant, il le faut... pour vous-même.

— Que voulez-vous dire ?

Anthony le regarda pendant quelques instants, puis, lentement :

— Savez-vous où l'on a retrouvé le revolver avec lequel a été tué le prince Michel ? Dans votre valise.

— Quoi ?

Isaacstein bondit.

— Comment ? Quoi ? Que dites-vous ?

Anthony lui expliqua dans quelles circonstances on avait trouvé le revolver. L'autre, devenu blême, s'épongeait le front.

— Mais c'est faux ! s'exclama-t-il avec épouvante. C'est de la folie ! C'est un complot !

— Eh bien, prouvez-le !

— Mais comment ?

— Si j'étais vous, dit doucement Anthony, je viendrais à Chimneys ce soir.

— Vraiment, vous me le conseillez ?

Anthony se pencha vers lui et chuchota quelques mots. L'autre se rejeta en arrière, le contemplant avec une stupéfaction incrédule.

— Est-ce possible ?

— C'est même vrai. Et c'est pourquoi il est indispensable que vous y soyez vous-même, ainsi que le baron

220

Lopretjzil et le capitaine Andrassy. Je leur ai écrit, mais je vous serais reconnaissant de leur confirmer l'invitation.

— Eh bien, c'est entendu. Mais croyez bien, Mr Cade, qu'il ne m'arrive pas si souvent de croire les gens sur parole !

CHAPITRE XXVII

LE 13 OCTOBRE *(suite)*

L'horloge dans la salle du Conseil sonna neuf heures.

— Cette fois, dit lord Caterham à voix basse à sa fille, ça dépasse les bornes! Non seulement on va et vient dans ma maison comme on veut, mais on se permet d'inviter des gens chez moi sans même me prévenir! Regardez ce vieux tableau qui trône solennellement devant la cheminée comme si c'était sa place légitime!

Et le marquis fixa sans aménité le baron Lopretjzyl.

— Tu es injuste pour lui, père, protesta Chiffonnette. Il vient de me dire qu'il te considérait comme un modèle de l'hospitalité de la haute noblesse britannique.

— Il dit toujours des phrases de ce genre, c'est horriblement fatigant. Quant à l'hospitalité, parlez-m'en! Jamais je n'inviterai plus de monde à Chimneys! Pourquoi Lomax ou Cade — puisque ce jeune homme dont vous êtes toutes toquées s'en mêle lui aussi — ne louent-ils pas « Les Tilleuls », ou « Beauregard », ou une autre villa de ce genre, pour y organiser leurs réceptions?

— L'atmosphère n'est pas la même! soupira Chiffonnette. Ici, les grands souvenirs historiques...

La porte s'ouvrit et Tredwell annonça :

— Mr George Lomax. Mr Eversleigh.

Tandis que George Lomax saluait pompeusement le maître de maison, le baron et le capitaine Andrassy, Bill demandait fiévreusement à Chiffonnette :

— Qu'est-ce que j'entends ? Est-ce possible ? Virginie est partie au milieu de la nuit ? On l'a enlevée ?

— Oh ! non, dit Chiffonnette, elle m'a laissé un mot épinglé à son oreiller.

— Mais pourquoi ? J'espère qu'elle ne s'est pas enfuie avec ce type des colonies ! Il ne m'a jamais plu, et d'après tout ce que j'entends, on est presque sûr que c'est lui le criminel ! Mais je ne crois quand même pas cela possible.

— Pourquoi ?

— Parce que le roi Victor est Français, et Cade Anglais... Cela, c'est hors de doute !

— N'avez-vous pas entendu dire que le roi Victor est un polyglotte accompli, et qu'à part cela il est à moitié Irlandais ?

— Bon Dieu ! tout cela s'explique ! C'est pourquoi il a disparu.

— Pour reparaître ! Ce matin, nous avons reçu de lui une dépêche nous avertissant qu'il viendrait ce soir à neuf heures, et nous priant d'inviter Mr Lomax. Tous les autres ont aussi été invités par lui.

— Quelle assemblée ! dit Bill en jetant un regard circulaire. Un détective français à la fenêtre, un détective anglais près de la porte ! Et l'Américain ?

— Disparu ! De même que Virginie. Mais j'espère quand même que le mystère va s'éclaircir dès qu'Anthony Cade paraîtra.

— Il ne paraîtra jamais, dit Bill.

— Alors, pourquoi cette réunion ?

— Pour vous obliger à rester ici tandis que lui-même est ailleurs. Vous ne pensez pas sérieusement qu'il viendra dans une maison pleine de détectives et de hauts fonctionnaires ?

— Vous ne connaissez pas le roi Victor. Il adore se jeter dans la gueule du loup.

Mr Eversleigh secoua la tête.

— Imagination romanesque ! Je vous dis qu'il ne viendra jam...

La porte s'ouvrit et Tredwell annonça :

— Mr Cade.

Anthony s'avança vers le maître de la maison.

— Lord Caterham, dit-il, je vous dérange terriblement, j'en suis confus et désolé. Mais je crois que ce soir, vraiment, le mystère sera définitivement éclairci.

Lord Caterham, qui avait toujours eu un faible inavoué pour Anthony, parut adouci.

— Mais non, mais non, dit-il cordialement, vous ne me dérangez pas du tout.

— Je vous remercie de tout cœur, dit Anthony. Nous sommes tous réunis, je vois. On peut commencer.

— Je ne comprends pas, dit George Lomax pompeusement. Je ne comprends pas le moins du monde. Votre procédé, Mr Cade, me paraît très étrange, pour ne pas dire plus. La situation est très difficile et très délicate. Je suis d'avis...

Son éloquence fut interrompue par le surintendent Battle qui lui chuchota quelques mots. Haussant les épaules, le grand homme déclara :

— Comme vous voudrez, Battle. Eh bien, dans ce cas, Mr Cade, nous vous écoutons.

Anthony, sans prêter attention à son ton condescendant, expliqua gaiement :

— C'est une petite idée que j'aie eue, voilà tout.

Vous connaissez tous le bref mémorandum chiffré de feu le comte Stylpitch. Deux rubans, un rose et un rouge, épinglés à la reproduction du portrait du comte de Richmond. Eh bien, dans les Mémoires du comte Stylpitch — que j'ai eu l'avantage de lire — il parle à un certain moment d'une biographie de Richmond qu'il a lue à Chimneys, et mentionne le fait qu'elle a une couverture rouge. Les chiffres du mémorandum se rapportent, sans doute, aux rayons et aux volumes de la bibliothèque. Je suis certain qu'en faisant faire des recherches, on trouvera le... l'objet que nous cherchons dans une cachette quelconque, derrière le volume en question.

Et Anthony leva modestement les yeux vers l'assemblée, comme pour quêter des applaudissements.

— Tiens, tiens! c'est très ingénieux, dit lord Caterham.

— Très ingénieux, dit George avec condescendance. Reste à savoir...

— Si c'est exact? termina Anthony. Eh bien, allons dans la bibliothèque.

Et il se leva avec vivacité. Mais M. Lemoine, quittant son poste, lui barra la route.

— Un instant, Mr Cade. Vous permettez lord Caterham?

Il s'approcha du bureau, traça à la hâte quelques lignes, puis appuya sur la sonnette. Tredwell parut. Lemoine lui remit le billet.

— Faites-le porter immédiatement, dit-il. Sans retard.

— Bien, sir, dit Tredwell, et il se retira avec sa dignité habituelle.

Anthony s'était rassis.

— Quel est ce manège, Lemoine? demanda-t-il doucement.

Tous les assistants sentirent qu'il y avait de l'orage dans l'air.

— Si le bijou se trouve là où vous dites, il y est depuis sept ans, qu'il y reste un quart d'heure de plus!

— Pour quoi faire?

— Pour ne pas permettre à des personnes ayant des antécédents douteux de s'en approcher!

Anthony leva les sourcils et alluma une cigarette.

Lemoine continua :

— Il y a deux mois, Mr Cade, vous étiez en Afrique. Où étiez-vous auparavant?

Anthony, se rejetant dans son fauteuil, fumait nonchalamment.

— Au Canada.

— Êtes-vous sûr que vous n'étiez pas en prison? A la Santé, pour tout dire?

Automatiquement, le surintendent Battle fit un pas vers la porte comme pour couper la retraite, mais Anthony ne bougea pas. Il éclata de rire :

— Mon pauvre Lemoine! C'est une véritable obsession! Vous voyez partout le roi Victor! Vous me prenez pour lui, maintenant?

— Vous le niez?

— C'est trop ridicule pour prendre la peine de le nier!

— Vous croyez?

Le Français se pencha vers lui.

— Et si je vous dis, monsieur, si je vous dis que cette fois je suis sûr de mon fait? Je suis venu de France pour prendre le roi Victor, et je le prendrai.

— Vous avez déjà essayé bien des fois, Lemoine, et il vous a glissé entre les doigts.

— Cette fois, il ne glissera pas, je le jure! dit farouchement le Français.

Les assistants retenaient leur souffle. Le duel entre les deux hommes devenait de plus en plus violent. Le détective était d'une gravité terrible. Anthony, au contraire, restait calme et moqueur.

— Si j'étais vous, Lemoine, dit-il en envoyant en l'air des ronds de fumée bleuâtre, je me surveillerais de près, je serais beaucoup plus prudent. Vous êtes très habile, mais une erreur est toujours possible.

— Cette fois, dit Lemoine, il n'y aura pas d'erreur. Vous avez vu le billet que j'ai écrit tout à l'heure? Il est adressé à mes hommes de l'auberge des « Joueurs de cricket ». Hier, j'ai reçu de France les empreintes digitales et les mesures Bertillon du roi Victor, dit capitaine O'Neill. On me les rapportera dans quelques minutes. Nous saurons alors qui vous êtes!

— Ah! bon. Je suppose que vous m'obligerez à plonger les doigts dans l'encre, que vous mesurerez mes oreilles, etc., et que vous comparez ensuite les résultats. S'ils sont identiques?...

— Eh bien, dit Lemoine. S'ils sont identiques...

— Finissez, dit doucement Anthony. Vous êtes vraiment très habile. S'ils sont identiques?...

— Eh bien, s'ils le sont, s'exclama le détective, que l'attitude d'Anthony semblait étonner et inquiéter, j'aurai prouvé que vous êtes le roi Victor!

— Et sous quel prétexte m'arrêteriez-vous? Le roi Victor a été légalement remis en liberté et n'a commis depuis aucun crime!

— Pardon! Pardon! Il s'est fait passer, en Amérique, pour le prince Nicolas Obolovitch!

— Mais je puis prouver, à grand renfort de témoins et de documents, que j'étais à ce moment là en Afrique!

— C'est à voir!

— Je crains que vous ne soyez déçu! Voyez-vous je...

Lemoine l'interrompit avec une férocité soudaine.

— Trêve de paroles! Vous croyez pouvoir me duper, mais vous vous trompez, mon garçon! Il y a autre chose encore contre vous. Un meurtre! Oui, un meurtre! L'assassinat du prince Michel! Il vous a pris en flagrant délit, la nuit où vous cherchiez le diamant!

— Vous devriez savoir mieux que moi, Lemoine, que le roi Victor n'a jamais tué!

— Eh bien, alors, cria Lemoine, dites-moi qui a tué. Dites-le moi!

A peine eut-il prononcé ces mots que, de la terrasse, un coup de sifflet retentit, déchirant le silence. Anthony bondit. Toute sa nonchalance disparut.

— Vous me demandez qui a tué le prince Michel? s'écria-t-il. Je ne vous le dirai pas... je vous le montrerai! Suivez-moi! Ce coup de sifflet était le signal que j'attendais. Le meurtrier du prince Michel est dans la bibliothèque!

Il sauta par la fenêtre, Lemoine et Battle sur ses talons. Les autres suivirent. Il se glissa le long du mur jusqu'à l'autre bout de la terrasse et s'approcha de la dernière fenêtre de la bibliothèque. Très doucement, il appuya sur la croisée : elle céda. Écartant silencieusement l'épais rideau de velours il indiqua du doigt aux assistants une silhouette sombre, debout devant la bibliothèque, retirant et replaçant des volumes, si absorbée dans sa tâche qu'aucun son du dehors ne lui parvenait.

Tout à coup, comme ils observaient en silence son travail, tâchant de l'identifier, quelqu'un passa parmi eux et bondit dans la pièce avec un hurlement de fauve.

La lanterne électrique que tenait à la main l'inconnu

tomba et se brisa, et le bruit épouvantable d'une lutte corps à corps emplit la pièce. Lord Caterham s'élança dans la pièce et tourna le commutateur.

A la lumière électrique, on aperçut deux corps luttant férocement. Et presque au même instant, avant qu'on eût pu s'en approcher, le bruit sec d'une détonation retentit et la silhouette la plus petite s'écroula. L'autre se tourna vers eux : c'était Boris, écumant de rage.

— C'est elle qui a tué mon maître, hurla-t-il. Cette fois, elle voulait tirer sur moi. Je l'aurais étranglée, la misérable, si son revolver n'était pas parti de lui-même pendant la lutte. Saint Michel a visé : l'horrible femme est morte!

— Une femme? s'écria George Lomax.

Ils se penchèrent tous sur le corps inerte. Le revolver à la main, la bouche tordue par un rictus sinistre de haine, gisait la gouvernante Mlle Brun.

CHAPITRE XXVIII

LE ROI VICTOR

— Je l'ai soupçonnée dès le début, expliqua Anthony. Sa fenêtre était éclairée le soir du crime. Je suis allé
à Dinard spécialement pour demander des renseignements sur elle, et, comme ils étaient satisfaisants, j'ai
cru m'être trompé. La comtesse de Breteuil avait
effectivement employé pendant de longues années une
demoiselle Brun, personne fort honorable, mais l'idée
ne m'était pas venue que ladite demoiselle avait été
enlevée et emprisonnée alors qu'elle faisait route pour
son nouvel emploi, et qu'on lui avait substitué une
autre personne. N'ayant pas songé à cette possibilité, je
détournai mes soupçons de la gouvernante et je les
dirigeai sur Mr Fish. Lui, à son tour, me soupçonnait
d'être le roi Victor. C'est pourquoi il m'a suivi à
Douvres, et là seulement nous nous sommes expliqués.
En apprenant que Mr Fish était détective, j'ai de
nouveau pensé à Mlle Brun, car j'étais sûr qu'il devait y
avoir un complice du roi Victor dans la maison.

« Une chose était certaine : on avait tout fait pour
empêcher Mrs Revel de venir passer le week-end à
Chimneys. Le surintendent Battle vous le confirmera.
C'était un véritable complot. Pourquoi ? Évidemment,
parce que la présence de Mrs Revel entraverait certains

projets des bandits. Lesquels ? Il y avait du Herzoslovaque dans cette affaire. Mrs Revel était la seule ayant
passé quelque temps en Herzoslovaquie et par conséquent la seule susceptible de reconnaître des personnes
qu'elle avait vues là-bas et qui ne désiraient pas être
reconnues. J'ai pensé d'abord qu'un imposteur jouait le
rôle du prince Michel, mais j'étais dans l'erreur :
Mrs Revel l'a identifié, c'était vraiment lui. D'ailleurs,
le baron était là, lui aussi, pour le reconnaître. Quelle
autre personne pouvait avoir un intérêt à tenir
Mrs Revel éloignée ? Je me suis souvenu que lorsqu'elle
a réussi, malgré tous les efforts des conspirateurs, à
arriver à Chimneys, Mlle Brun a prétexté des migraines
et des maladies pendant trois jours pour ne pas quitter
son appartement et n'être vue par personne. Logiquement, j'en ai déduit son identité.

— Qui était-elle ? demanda lord Caterham. Une
personne que Mrs Revel avait connue en Herzoslovaquie ?

— Précisément, dit Anthony. Je crois que le baron
pourra nous le dire.

— Moi ?

— Et le baron, stupéfait, fixa le corps immobile.

— Regardez bien, dit Anthony. De plus près encore.
Ne vous laissez pas tromper par le maquillage. Rappelez-vous qu'elle était jadis actrice.

Le baron tressaillit, examina longuement la figure du
cadavre, puis, tout à coup, s'exclama :

— Dieu du ciel ! c'est impossible.

— Qu'est-ce qui est impossible ? demanda George.
Qui est cette dame ? Vous la reconnaissez, baron ?

— Non, non, ce n'est pas possible ! gémit celui-ci.
Elle a été tuée. Ils ont été tués tous les deux. On a
retrouvé son corps sur les marches du palais.

— Mutilée et méconnaissable, rappela Anthony. Elle a réussi cette dernière mise en scène pour s'enfuir en Amérique où elle s'est cachée pendant toutes ces années. Elle avait une peur folle des camarades de la Main Rouge. Dès que le roi Victor a été remis en liberté, il est allé la rejoindre, et ils ont décidé de récupérer le diamant. Elle se livrait la nuit à des investigations secrètes, et elle était précisément en train de fouiller la salle du Conseil quand le prince Michel, dont elle n'avait pu empêcher la malencontreuse visite, l'a surprise à l'improviste. Autrement, elle se serait arrangée pour ne pas le rencontrer, comme elle l'a fait pour Mrs Revel. Mais, se trouvant tout à coup face à face avec lui et craignant la honte de la découverte, elle a tiré. C'est elle qui a placé le revolver dans la valise d'Isaacstein pour embrouiller la piste, c'est elle aussi qui m'a rendu les lettres chiffrées.

Lemoine s'avança vers lui.

— Tout cela est fort plausible, mais où est son complice ? Où est le roi Victor ? Vous nous dites une partie de la vérité, vous ne la dites pas toute !

Anthony soupira.

— Mon cher Lemoine, je vous le répète, vous commettez une erreur. J'ai en main un atout que vous ne soupçonnez pas.

Mais George, lent à saisir les choses, l'interrompit :

— Je dois dire que je suis encore dans l'incertitude. Qui est cette personne, baron ? Vous l'avez reconnue ?

Le baron, tout à coup, se redressa et se raidit.

— Vous vous trompez, Mr Lomax. Je ne l'ai jamais vue. C'est une étrangère.

— Mais...

George le regardait, la bouche ouverte.

Le baron le prit par le bras et l'emmena à l'écart pour

lui chuchoter quelques phrases à l'oreille. Anthony, non sans satisfaction, vit Lomax s'empourprer comme un homard; ses yeux sortaient de leur orbite; il semblait sur le point de succomber à une attaque d'apoplexie. D'une voix défaillante, il murmura :

— Sans doute... Sans doute... A personne... sous aucun prétexte... Situation compliquée... Discrétion absolue...

— Ah! — Lemoine donna un coup de poing sur la table — J'en ai assez! Tout cela ne me regarde pas. Le meurtre du prince Michel ne concerne pas la Sûreté. Je veux le roi Victor!

Anthony hocha doucement la tête.

— C'est bon, Lemoine. Vous l'aurez. Je le regrette pour vous. Mais vous m'obligez à sortir mon atout.

Il se leva et appuya sur la sonnette. Tredwell parut.

— Un gentleman est arrivé ce soir avec moi, Tredwell.

— Oui, sir. Un gentleman étranger.

— Voulez-vous le prier de descendre?

— Oui, sir.

Tredwell se retira.

— Entrée de l'atout, du mystérieux Mister X... annonça Anthony. Qui est-il?

— A en juger par vos allusions de ce matin, et par votre attitude de ce soir, dit Herman Isaacstein, ce doit être le prince Nicolas de Herzoslovaquie.

— Vous le croyez aussi, baron?

— Oui. A moins que vous n'ayez amené un autre imposteur. Mais je ne le crois pas. Votre conduite à mon égard a toujours été des plus honorables.

— Je vous remercie, baron. Je n'oublierai pas ces mots. Vous êtes donc tous d'accord?

Il jeta un regard circulaire sur les visages tendus. Seul Lemoine se mordait farouchement les lèvres.

Des pas retentirent au dehors. Anthony s'approcha de la porte.

— Et pourtant, dit-il avec un sourire singulier, ce n'est pas ce que vous croyez.

Il ouvrit la porte toute grande. Un homme de taille moyenne, avec une barbiche noire, un lorgnon et un bandage autour du front, se tenait sur le seuil.

— Permettez-moi de vous présenter le vrai M. Lemoine, de la Sûreté!

Le double de Lemoine, d'un seul bond, se précipita vers la fenêtre. Mais il tomba entre les bras d'un homme qui montait la garde sur la terrasse et qui, après une lutte brève, lui passa les menottes; la voix nasillarde et traînante de Mr Fish s'éleva :

— Non, non, mon petit, pas de ça! Tu croyais pouvoir t'échapper par la fenêtre, comme la première fois? Mais je suis là! J'y suis resté toute la soirée dans le but exprès d'empêcher ta fuite éventuelle, et pour plus de sûreté, je te visais, comme maintenant, de mon automatique. Je suis venu de New York pour te prendre, et je t'ai pris... mais j'avoue que ça n'a pas été facile! Tu n'es pas le premier bandit venu. Mes respects!

CHAPITRE XXIX

LES PÉTROLES RENTRENT EN SCÈNE

— Vous nous devez une explication, Mr Cade, dit Herman Isaacstein, une demi-heure plus tard.

— Il n'y a pas grand-chose à expliquer, dit modestement Anthony Cade. Je suis allé à Douvres et Fish m'a suivi, croyant que j'étais le roi Victor. Nous y avons trouvé un prisonnier mystérieux, et dès que nous avons entendu son histoire, nous avons tout compris. De même qu'on a emprisonné la vraie Mlle Brun pour faire jouer son rôle par... une autre, de même on a enlevé le vrai Lemoine pour le remplacer par le roi Victor lui-même. Mais il paraît que Battle s'est déjà douté de quelque chose — son collègue lui inspirait des soupçons — et il a télégraphié à Paris pour avoir ses empreintes digitales et autres moyens d'identification.

— Ah! s'écria le baron, les mesures Bertillon dont a parlé ce coquin?

— Il l'a fait avec tant d'aplomb, dit Anthony, que je n'ai pas voulu nier d'emblée. Mon attitude l'intriguait et l'étonnait beaucoup. Il croyait que j'allais prendre peur et nier désespérément, comme c'eût été naturel. Mais j'avais mon plan. Dès que je lui ai donné le tuyau concernant le livre de Richmond et la cachette du diamant, il s'est empressé de le communiquer à sa

235

complice, et de nous retenir en même temps dans la pièce. Son billet était adressé en réalité à Mlle Brun. Il a ordonné à Tredwell de le porter immédiatement au destinataire, et Tredwell, bien entendu, l'a fait. Lemoine m'a accusé d'être le roi Victor pour détourner l'attention et empêcher qui que ce soit de quitter la pièce. Pendant ce temps, il espérait que mademoiselle trouverait le diamant, et que lorsque nous nous rendrions à notre tour dans la bibliothèque, il n'y serait plus.

George toussa.

— Je suis forcé de déclarer, Mr Cade, que je considère votre manière d'agir comme follement imprudente. Si vos plans n'avaient pas réussi, une de nos possessions nationales aurait disparu sans espoir de retour. Quelle imprudence, Mr Cade!

— Vous n'avez pas tout à fait saisi, Mr Lomax, intervint Mr Fish. Ce diamant historique ne se trouve pas dans la bibliothèque et ne s'y est jamais trouvé.

— Mais alors?

— J'ai inventé toute cette histoire sur *La vie du comte de Richmond* et la couverture rouge, dit Anthony, pour pouvoir surprendre la criminelle en flagrant délit et pour donner au faux Lemoine l'occasion de se compromettre. Mr Fish et moi avions réussi à emprisonner ses complices dans la maison de Douvres et à les empêcher de communiquer avec leur maître. Le roi Victor leur avait envoyé l'ordre de quitter immédiatement la maison, et nous lui avons télégraphié que c'était fait. Il ne se doutait donc de rien et comptait gagner du temps en me dénonçant.

— Et le diamant?...

Anthony sourit.

— Mr Fish et moi avons résolu tous les deux, hier

encore, le petit problème du comte Stylpitch. La reproduction du portrait de Richmond avec les rubans rose et rouge signifiait : rose-rouge-Richmond. Si l'on descend de la terrasse et si l'on fait sept pas droit devant soi, huit à gauche et trois à droite, on se trouve devant un arbuste magnifique de roses rouges, dites Richmond. La maison a été fouillé de la cave au grenier pour retrouver le diamant, mais personne n'a songé à chercher dans le jardin. Je propose de creuser demain la terre sous l'arbuste.

— Bravo, dit gaiement lord Caterham. Tous les mystères sont heureusement éclaircis.

— Tous, sauf un, dit Mr Isaacstein.

— Lequel ?

Le grand financier regarda fixement Anthony.

— Pourquoi m'avez-vous invité ce soir à Chimneys, Mr Cade ? Rien que pour assister en qualité de spectateur intéressé à une scène hautement dramatique ?

Anthony hocha la tête.

— Non, Mr Isaacstein. Vous êtes un homme occupé, et pour vous, le temps c'est de l'argent. Pourquoi êtes-vous venu à Chimneys la première fois ?

— Pour traiter des conditions d'un emprunt.

— Avec qui ?

— Avec le prince Michel de Herzoslovaquie.

— Parfaitement. Le prince Michel est mort. Êtes-vous prêt à offrir le même emprunt aux mêmes conditions à son cousin Nicolas ?

— Oui, s'il existe. Mais je le croyais tué au Congo ?

— En effet. C'est moi qui l'ai tué. Non, non, je ne suis pas un assassin. Quand je dis que je l'ai tué, j'entends par là que c'est moi qui ai répandu la nouvelle de sa mort. Je vous ai promis un prince, Mr Isaacstein. Vous conviendrai-je ?

— Vous?

— Oui, moi, prince Nicolas Obolovitch. Un nom un peu trop retentissant pour la vie que j'avais envie de mener. C'est pourquoi j'ai fait un plongeon au Congo pour en sortir sous le nom d'Anthony Cade.

Le petit capitaine Andrassy bondit.

— Mais c'est incroyable! s'exclama-t-il. Incroyable! Pensez à ce que vous dites, monsieur!

— J'ai toutes les preuves, dit calmement Anthony. Et je suis sûr de pouvoir persuader le baron.

— J'examinerai vos preuves, sir, mais je n'en ai pas besoin pour vous croire. Votre parole me suffit. D'ailleurs, vous avez une grande ressemblance avec la princesse anglaise, votre mère. J'ai toujours dit que vous deviez être d'origine noble.

— Vous avez toujours eu confiance en ma parole, baron, dit Anthony. Je ne l'oublierai pas.

Puis il regarda le surintendent Battle, dont la physionomie était restée impassible.

— Vous devez comprendre, dit-il avec un sourire, que ma situation était très précaire. En ma qualité de successeur du prince Michel, on aurait pu facilement me soupçonner de l'avoir tué. J'ai toujours eu peur de la perspicacité de Battle. Je sentais qu'il me soupçonnait, mais qu'il se demandait pour quelle raison j'aurais pu perpétrer le crime.

— Mon intuition m'a toujours dit, sir, que vous étiez innocent du crime, dit Battle. Mais je sentais que vous cachiez un secret, et je me demandais lequel. Si j'avais su qui vous étiez, je vous aurais peut-être arrêté.

— Je suis heureux d'avoir réussi à vous cacher au moins un de mes coupables secrets, Battle. Vous m'avez extorqué tous les autres. Vous connaissez votre métier : j'aurai toujours de l'estime pour Scotland Yard.

— Mais... mais... mais c'est incroyable! murmura George. C'est la chose la plus inouïe que j'aie jamais entendue. Êtes-vous bien sûr, baron, que...

— Mon cher Mr Lomax, dit Anthony froidement, je n'ai pas l'intention de solliciter la confiance du ministère des Affaires étrangères d'Angleterre sans lui soumettre des preuves formelles. Pour le moment, je vous propose d'ajourner l'examen des preuves jusqu'à demain et de discuter des conditions de l'emprunt avec Mr Isaacstein, le baron et moi-même.

Le baron se leva et, se redressant militairement :

— Le jour où vous monterez sur le trône de Herzoslovaquie, sir, sera le plus beau de ma vie!

— A propos, baron, dit Anthony en passant négligemment son bras sous le sien, j'ai oublié de vous dire une chose : je suis marié.

— Dieu du ciel! s'exclama le baron en reculant de deux pas. Je savais bien qu'il y aurait une entrave. Il a épousé une négresse en Afrique!

Anthony se mit à rire.

— Ne craignez rien, baron. Ce n'est pas si terrible que cela. Elle est blanche... extérieurement et intérieurement.

— Bien. Dans ce cas, on peut en faire un mariage morganatique acceptable.

— Pas le moins du monde. Si je deviens roi, elle deviendra reine. Ce n'est pas la peine de secouer la tête, baron. Sachez qu'elle est de la plus haute noblesse britannique, fille d'un pair d'Angleterre dont la famille remonte au Conquérant. Actuellement, les mariages entre princes de sang aristocrates se portent beaucoup. A part cela, elle connaît très bien la Herzoslovaquie.

— Grand Dieu! s'écria George Lomax, sortant de sa

réserve prudente. Ce n'est pas... ce n'est pas Virginie Revel ?

— Elle-même, dit Anthony.

— Mon cher, s'exclama lord Caterham, c'est-à-dire sir, je vous félicite de tout mon cœur. C'est une femme exquise.

— Exquise et plus qu'exquise, dit Anthony. Je vous remercie, lord Caterham.

Mais Mr Isaacstein le regardait avec curiosité.

— Me permettrai-je de demander à Votre Altesse, sans indiscrétion, quand ce mariage a eu lieu ?

Anthony sourit.

— Virginie Revel et moi, dit-il, nous nous sommes mariés ce matin.

CHAPITRE XXX

LE NOUVEAU MÉTIER D'ANTHONY

— Si vous voulez passer dans le salon, messieurs, je vous suivrai dans quelques instants, dit Anthony.

Il attendit que tous les assistants fussent sortis, puis, se tournant vers le surintendent Battle, perdu dans la contemplation d'un tableau :

— Eh bien, Battle, vous vouliez me demander quelque chose ?

— En effet, sir. Vous avez toujours fait preuve d'intuition. Je suppose que la personne qui maintenant est morte était la reine Varaga ?

— C'est exact, Battle. Mais j'espère qu'on étouffera l'affaire. Vous devez vous douter qu'elle ne m'est pas particulièrement agréable.

— Je comprends, sir. Fiez-vous à Mr Lomax. Personne ne le saura. Ou plutôt, beaucoup de gens le sauront, mais le grand public ne l'apprendra pas.

— Vouliez-vous me demander autre chose ?

— Si ce n'était pas trop indiscret, je me permettrais de vous demander, sir, pourquoi vous avez renoncé à votre nom.

— Je vais vous le dire. Je me suis tué par principe, Battle. Ma mère était anglaise, j'avais été élevé en Angleterre, et je me sentais plus anglais que herzoslovaque. Je n'avais pas la moindre envie de continuer à courir le monde en portant le fardeau d'un titre d'opéra-comique. Quand j'étais très jeune, Battle, j'étais socialiste. Je croyais aux idéaux et à l'égalité, et pas du tout aux rois et aux princes.

— Et depuis, sir ? demanda malicieusement Battle.

— Depuis, j'ai voyagé et vu le monde, et constaté qu'il y a bien peu d'égalité. Je crois toujours à la démocratie, mais je pense que l'évolution de l'humanité durera encore dix mille ans, sinon plus... et qu'en attendant on peut obtenir des résultats plus ou moins appréciables par une dictature raisonnable.

— Très intéressant, sir, dit Battle avec une ombre de sourire. Je suis certain que vous ferez un roi démocratique excellent.

— Merci, Battle, dit Anthony avec un soupir.

— Cela ne vous tente pas, sir ?

— Si, peut-être. Mais c'est un travail régulier, et je l'ai toujours évité jusqu'à présent.

— Mais vous considérez que c'est votre devoir, sir ?

— Mon Dieu, non ! Cherchez la femme, Battle. Je deviendrai roi pour elle. Le baron veut son souverain ; Isaacstein, ses pétroles ; ils auront tous deux ce qu'il leur faut. Moi, je l'aurai, elle ! Battle, avez-vous jamais été amoureux ?

— Je suis très dévoué à Mrs Battle, sir.

— Très dévoué à... Mon Dieu ! cet homme ne sait pas de quoi il parle !

— Veuillez m'excuser, sir, mais votre serviteur vous attend devant la fenêtre.

— Ah ! Boris ! Quel merveilleux instinct l'a conduit vers moi ! Je suis heureux que ce revolver se soit déchargé par accident, autrement Boris aurait étranglé

242

cette femme, et vous auriez voulu le pendre. Eh bien, mon cher chien fidèle, qu'y a-t-il ?

— Maître, on vous attend dans le jardin.

Anthony le suivit jusqu'à un banc où deux silhouettes étaient assises au clair de lune.

L'une d'elles était Virginie. L'autre...

— Jimmy McGrath ! s'écria Anthony, au comble de l'étonnement. Comment diable es-tu là, mon vieux ?

— Eh bien, figure-toi que je n'ai pas trouvé ma mine d'or et que je suis revenu dans les parages de Bulawayo. Plusieurs métèques m'ont espionné et m'ont proposé de me racheter le manuscrit. Un d'eux a failli m'enfoncer un poignard dans le dos. Alors, j'ai compris que je t'avais chargé d'une commission plus difficile que je ne croyais, et je t'ai suivi par le prochain paquebot pour te venir en aide.

— N'est-il pas magnifique ? s'écria Virginie. Si, Jimmy, si ! Vous êtes un vrai chevalier. Je ne vous ai pas encore assez remercié pour ces fameuses lettres !

— Si j'avais su avant qu'elle était si simple et si charmante, je serais venu moi-même au lieu de les confier à Anthony. Je te cherchais partout, vieux gentleman, et j'ai fini par tomber sur elle.

— Je suis heureux que vous vous entendiez si bien, dit Anthony en souriant.

— Oui, elle m'a tout raconté. Alors, plus rien à faire pour moi, mon vieux ?

— Si, dit Anthony. Attends une minute.

Il disparut dans la maison et revint quelques instants après avec un gros paquet qu'il tendit à Jimmy.

— Cours au garage, prends ma voiture et file à Londres, 17, Everdean Square. C'est l'adresse privée de Mr Balderson, l'éditeur. Il te remettra en échange mille livres.

— Mais je croyais le manuscrit brûlé!

— Pour qui me prends-tu? Dès qu'on m'a eu téléphoné de la part des éditeurs, je leur ai retéléphoné moi-même pour savoir si la communication émanait vraiment d'eux. Ayant appris que non, j'ai fait un faux paquet et je l'ai remis au soi-disant employé; quant au vrai, je l'ai laissé à la garde du gérant du *Ritz,* dans le coffre-fort de l'hôtel. Je l'y ai repris aujourd'hui.

— Bravo, mon vieux! s'écria Jimmy.

— Oh! Anthony, s'exclama Virginie, effrayée, vous les laisserez publier?

— Sans doute, puisque je l'ai promis à ce vieux camarade de Jimmy! Mais ne craignez rien. Je les ai lus consciencieusement d'un bout à l'autre, et j'ai compris pourquoi l'on dit que les grands personnages n'écrivent pas eux-mêmes leurs Mémoires, mais confient cette tâche à des mercenaires. Ceux du comte Stylpitch sont horriblement ennuyeux, sans traces de scandale. Sa passion du mystère a tenu jusqu'au bout. Il n'y a là que des ratiocinations politiques, mais pas la moindre anecdote scabreuse. J'ai téléphoné aujourd'hui à Balderson et je lui ai promis de lui livrer le manuscrit avant minuit. Puisque Jimmy est là, qu'il le fasse lui-même!

— Avec plaisir, dit Jimmy. Ces mille livres me sourient... d'autant plus que j'y avais déjà renoncé! Je file.

— Une seconde, dit Anthony. J'ai quelque chose à vous confesser, Virginie. Quelque chose que tout le monde sait déjà, mais que je ne vous ai pas dit encore.

— Peu importent les femmes que vous avez aimées jadis, pourvu que vous ne m'en parliez pas!

— Il ne s'agit pas de femmes, dit Anthony avec une indignation vertueuse. Que Jimmy vous dise en compagnie de quelles femmes je me trouvais quand il m'a vu la dernière fois.

— La plus jeune, dit solennellement Jimmy, avait quarante-cinq ans.

— Merci, Jimmy, dit Anthony. Tu es un véritable ami. Non, c'est bien pire encore. Je vous ai trompée. Je vous ai caché mon vrai nom.

— Oh! dit Virginie avec intérêt. J'espère que vous ne vous appelez pas Smith? Ce serait curieux d'être appelée Mrs Smith.

— Vous pensez toujours du mal de moi! dit Anthony.

— J'avoue que j'ai pensé à un certain moment que vous étiez le roi Victor, mais ça n'a pas duré longtemps.

— A propos de roi, Jimmy, je crois que j'ai du travail pour toi : des mines en Herzoslovaquie!

— Des mines d'or? demanda Jim avec ardeur.

— Sans doute! La Herzoslovaquie est un pays splendide.

— Alors, mon vieux, tu suis mon conseil et tu y vas?

— Oui, dit Anthony. Ton conseil valait plus que tu ne croyais. Allons, le moment est venu d'avouer. Ça a l'air bêtement romanesque, mais je suis obligé de confesser qu'en réalité je suis le prince Nicolas de Herzoslovaquie.

— Oh! Anthony! s'exclama Virginie. Quelle nouvelle ébouriffante! Et moi qui vous ai épousé! Qu'allons-nous faire?

— Nous irons en Herzoslovaquie et nous jouerons au roi et à la reine. Jimmy McGrath m'a dit un jour que les souverains n'y restaient sur le trône que trois ou quatre ans, pas plus. Qu'en dites-vous?

— Je dis que ça me plaît follement!

— Quelle femme extraordinaire! murmura Jimmy avec admiration.

Et il s'effaça discrètement, disparaissant dans l'obscurité. Quelques minutes plus tard, on entendit le ronflement d'un moteur qui s'éloignait.

— Brave garçon, on a réussi à se débarrasser de lui, dit Anthony avec satisfaction. Depuis que nous sommes mariés, je ne suis pas resté seul avec vous pendant trois secondes.

— Nous nous amuserons beaucoup, dit Virginie. Nous apprendrons aux brigands à ne plus faire de brigandages, aux assassins à ne plus assassiner, et en général nous civiliserons les Herzoslovaques.

— J'aime entendre ces projets idéalistes, dit Anthony. Ils me prouvent que mon sacrifice n'a pas été vain.

— Ce n'est pas un sacrifice, dit calmement Virginie. Vous serez content d'être roi! Vous avez ça dans le sang.

— Si j'étais monarque sérieux, je serais en conférence, avec ce brave baron et Isaacstein. Ils veulent parler de pétroles. De pétroles! Mon Dieu! quand vous êtes là! Qu'ils attendent mon bon plaisir royal. Virginie, vous rappelez-vous qu'un jour, ici même, je vous ai juré que je vous embrasserais?

— Je me souviens, dit doucement Virginie. Mais le surintendent Battle nous regardait par la fenêtre.

— Maintenant, dit Anthony, il ne nous regarde plus!

Et il la saisit dans ses bras.

CHAPITRE XXXI

PLUS DE SECRETS A CHIMNEYS

Chimneys. Onze heures du matin.

Johnson, constable de la police, creuse la terre à l'endroit du jardin où s'élève le bel arbuste de roses rouges, dites Richmond.

On se croirait à un enterrement. Johnson creuse une tombe, et les amis et parents assistent aux funérailles.

Georges Lomax ressemble à l'héritier. Le surintendent Battle, impassible, à l'entrepreneur des pompes funèbres. Lord Caterham a la mine solennelle et scandalisée que prennent toujours les Anglais quand ils assistent à un office religieux.

Mr Fish fait moins bien le tableau. Il n'est pas assez grave.

Johnson s'arrête de creuser. Un petit frisson passe dans l'assistance.

— Ça va, mon ami, dit Mr Fish. Nous terminerons nous-mêmes.

Johnson se retire. Mr Fish s'accroupit et tire des flancs de la terre un petit paquet dans de la toile cirée. Il le tend au surintendent Battle. Ce dernier, à son tour, le remet à George Lomax. L'étiquette est fidèlement observée.

George Lomax déballe le petit paquet et, pendant un

instant, tient dans sa paume un gros caillou scintillant, pour le remettre vivement dans son enveloppe de coton hydrophile et refaire soigneusement le paquet.

— A cet instant solennel..., commence-t-il avec le geste éloquent d'un orateur consommé.

Lord Caterham bat précipitamment en retraite. Dans le salon, il trouve Bill Eversleigh, qui fait une cour effrénée à Chiffonnette.

— Ma fille, ta voiture est-elle en ordre?

— Oui. Pourquoi?

— Emmène-moi immédiatement à Londres. Je pars pour l'étranger. Aujourd'hui. Tout de suite.

— Pas d'objection! George Lomax, en arrivant ce matin, m'a déclaré qu'il désirerait me parler en privé d'une question extrêmement délicate. Il a ajouté que le roi de Tombouctou arriverait ces jours-ci à Londres. Je ne passerai pas de nouveau un week-end semblable, tu m'entends, Chiffonnette? Cinquante George Lomax ne m'y obligeraient pas! Si Chimneys est tellement indispensable à la nation, qu'elle l'achète! Autrement, je le vendrai à un syndicat et qu'ils en fassent un hôtel!

— Où est le grand homme en ce moment? demande Chiffonnette, s'élevant à la hauteur de situation.

— Il est en train, dit lord Caterham en regardant sa montre, de prononcer un discours sur la grandeur de l'Empire, et il en a au moins pour quinze minutes.

Un quart d'heure plus tard, George Lomax termine son discours!

— Les conceptions toutes modernes et démocratiques du jeune prince, alliées à une énergie vibrante et à un esprit distingué, la beauté, le charme, la discrétion, la noble origine et la haute moralité de la future reine garantissent l'heureux avenir de ce pays aux possibilités insoupçonnées. L'union entre un Obolovitch et une descendante du Conquérant symbolisent l'alliance indéfectible entre la Grande-Bretagne et la Herzoslovaquie, cimentée par la restitution d'un de nos trésors nationaux, par les légitimes concessions sur les pétroles et par la collaboration industrielle et intellectuelle, anglophile et pétrolifère entre les deux pays! Il ne nous reste qu'à remercier de sa large, compréhensive et généreuse hospitalité l'aimable marquis de Caterham, hôte de Chimneys, splendide demeure historique, qui, après tant d'autres traités diplomatiques bienfaisants, a consacré celui-ci, gage de la paix et de la prospérité des peuples!

DERNIERS VOLUMES
PARUS DANS LA COLLECTION
LE CLUB DES MASQUES

ENVOI DU CATALOGUE COMPLET SUR DEMANDE

IMPRIMÉ EN FRANCE PAR BRODARD ET TAUPIN
6, place d'Alleray - Paris.
Usine de La Flèche, le 10-09-1974.
1735-5 - Dépôt légal 3e trimestre 1974.
ISBN : 2 - 7024 - 0031 - 0